Körpersäfte

Einführung

Das letzte Jahr war das schlimmste Jahr meines Lebens. Am Neujahrstag verlässt mich mein arabischer Mann nach fünfzehn Ehejahren. Denn mit Ende vierzig will er unbedingt noch ein Kind. Klar, dafür muss er sich eine jüngere Lebensgefährtin suchen. Im Juni bin ich dann fünfzig geworden. Und im Oktober wird meine Gebärmutter entfernt. Ich will sie nicht hergeben. Es fühlt sich an wie ein Lebensabschnitt. Kurz vor der Operation bekomme ich im Krankenhaus einen Heulkrampf. Aber sie muss raus. Ich habe keine Alternative, weil ich mehrere Zysten und Myome habe, die immer weiter wachsen. Die Oberärztin beruhigt mich. Meine Gebärmutter ist doppelt so groß wie eine normale Gebärmutter, es gibt keine Entscheidung. Und wahrscheinlich gibt es einen Bauchschnitt. Eine Operation also, mit der ich schon viel zu lange gewartet habe. Aber alles geht gut. Und dann steht einen Tag nach der Operation mein Noch-Mann, der ausgezogen ist, am Krankenbett, und erzählt, dass seine Freundin im fünften Monat schwanger ist. Er habe einmal mit ihr geschlafen und Peng – Volltreffer. Da bekomme ich einen Lachanfall. Das kitschigste Drehbuch hätte nicht schlechter sein können. Das glaubt mir kein Mensch. Nach der OP darf ich sechs Wochen lang fast nichts machen. Ich darf nichts heben und mich nicht anstrengen. Ich denke, ihr wisst was ich meine. Mein Leben spielt sich ab auf 25 Quadratmetern in meinem Schlaf- und Badezimmer. Meinen Esstisch haben meine lieben Freunde nach oben in den ersten Stock getragen, denn ich soll am Anfang so wenig wie möglich Treppensteigen. Ich lese viel und schaue viel Fern. Die Nachmittagstalkshows kenne ich irgendwann alle auswendig. Mir fällt irgendwann die Decke auf den Kopf und als ich einigermaßen reisefähig bin, plane ich eine Reise zu meiner Tochter Sophia, die in Mexiko lebt. Ich darf zwar keine Koffer tragen und nichts heben, aber irgendwie werde ich das schon schaffen und am Ziel ankommen. Meine Verwandten und Freunde halten diese Reise für leichtsinnig. Ich will aber zu meiner Tochter, und ich brauche Sonne, viel Sonne. Meine Frauenärztin versteht das und verordnet mir genau dies. Also fliege ich los nach Mexiko, nach Playa del Carmen, in Yucatan und damit verändert sich mein Leben.

Preview

Seine Zunge spielt sehr zart mit meiner Klitoris. Er spürt wie sie größer wird und feucht und das sagt er mir. Er nimmt meine Klitoris ganz in seinen Mund und spielt mit der Zunge. Saugt fest, nur an meiner Klitoris. I Love your Clitt. I want to eat you. Dann dringt seine Zunge tief in meine Vagina ein, leckt zart an dem weichen Fleisch in meinem innersten. Cliff küsst, saugt und bewegt seine Zunge, wechselt sehr vorsichtig ab. Ganz, ganz tief dringt seine Zunge ein, fast so tief wie sein Penis. Meine Vagina glüht und brennt, möchte explodieren. Meine Körpersäfte laufen über, ihm in den Mund und er mag es so. Er genießt und er kommentiert, er redet. Yes Baby, give me your Juices. Ja, Baby, komme, komme, gebe mir deine Körpersäfte. Und ich mag es, wenn er so redet.

Meine Großmutter hat die Karibik geliebt. Sie kommt aus einer wohlhabenden skandinavischen Handelsfamilie. Ich habe schon als Kind die Geschichten über meine verrückte Familie verschlungen. Alle waren Handelsleute, Seefahrer, haben die Welt erobert. Vielleicht bin ich deshalb so mutig und stürze mich in dieses Abenteuer mit einem mir praktisch unbekannten Amerikaner. Zwei Wochen am Strand und auf einer Penthouse Terrasse, danach zwei Wochen im

Internet mit heißen Geschichten und noch heißeren Sehnsüchten. Ich habe ein Flugticket gebucht, ganz spontan und jetzt bin ich hier.

Der Anfang

Die kleine Strandbar am Ufer des Golfes von Mexiko ist anders als die meisten anderen am Strand von Playa. Hier treffen sich keine Schicki Micki, Jetset oder möchte gern dazugehören Leute wie zum Beispiel im Masitas. Junge Mexikaner mit freundlichem Lächeln servieren köstliche Cocktails Moijitos, Caipirinhas und Pina Colada und zum Happy Hour zwei Bier zum Preis von einem. Knapp zwei Euro für zwei Bier. Deshalb sind viele junge Urlauber, darunter vor allem biertrinkende Amerikaner hier im Lido. Sophia mag diese Strandbar nicht. Sie ist lieber bei den schönen hippen Menschen, die sich mit Küsschen begrüßen, und sich fast alle kennen, oder so tun als ob. Die jungen, sehr schönen Frauen tragen dort zweihundert Dollar Bikinis – mindestens - und ihre Männer dicke Rolex am Handgelenk. Und dort gibt's einen DJ der Loungemusik spielt, Playa, so wie in Ibiza, aber dafür bin ich nicht nach Mexiko geflogen. Ich liebe es, hier im Lido bei Reggae den Tag zu verbringen. Am späten Nachmittag, wenn die Sonne untergeht stehen die meisten Urlauber lässig am Strand rum, mit ihrem Bier in der Hand und schauen sich den Sonnenuntergang an. In der Karibik ist der Sonnenuntergang kurz. Eine halbe Stunde Dämmerphase und dann ist es schnell dunkle Nacht. Ich wechsle dann meinen Platz am Strand gegen die Theke der Bar ein und setze mich auf eine der Schaukeln. Eine Bar mit Schaukeln, das gibt's in Playa seit über dreißig Jahren. Bestelle noch einen Caipirinha und wippe gemütlich hin und her mit den Füßen im Sand. Meine Tochter Sophia setzt sich neben mich. Der junge Kellner mag sie, flirtet und macht Fotos von uns. An der gegenüberliegenden Seite der Theke hat eine Gruppe Amerikaner viel Spaß. Die Männer und Frauen haben offensichtlich einiges getrunken. Die Frauen stehen oben auf der Bar und tanzen wild. Eine Frau, etwa in meinem Alter trägt ein zu knappes Dolce und Gabbana Tigerprinttop und einen viel zu kurzen ausgefransten Jeansminirock. Sie ist pummelig. Meine Tochter Sophia findet diese Menschen oberpeinlich. „Typisch Amerikaner", sagt sie. „Die können sich einfach nicht benehmen, egal wo sie sind." Aber ich finde die Gruppe sympathisch. Diese Leute genießen ihren Urlaub und sie stören keinen.

Ich spüre, das ich feucht werde. So feucht, ich wusste bisher nicht, dass ich so feucht werden kann. Ich fühle wie meine Körpersäfte über seine Hände fließen. Ich kann nicht mehr denken, nur fühlen, fühlen. Ich möchte, dass er nie mehr aufhört. Dieser Augenblick soll ewig dauern. Es ist die reine Lust. Die Finger seiner Hand tief in meiner Vagina, Kreisbewegungen. Die seiner anderen Hand streicheln meine Brustwarzen. Sein Mund küsst meiner und dabei drückt er sich fest an mich und ich fühle dass er es ebenso genießt wie ich. Er schiebt mein Kleid hoch und zieht meinen Slip aus. Ich spüre ihn. Aber im stehen ist es schwirig Sex zu haben. Denn wir stehen am Strand, angelehnt an einer natürlichen Sandmauer, die das Meer aufgeworfen hat in einer stürmischen Nacht. Der Himmel ist tiefschwarz mit leuchtenden Sternen. Sie sind hier in Mexiko zum greifen nah und so klar. Es sind tausende am klaren Himmel. Es ist dunkel, aber noch nicht spät. Gerade mal sieben Uhr abends. Für die meisten Menschen in den Touristenresorts Essenszeit. Einige gehen vorbei, nur wenige Meter von uns entfernt, aber sie können uns nicht sehen. Cliff streichelt, lässt seine Finger in mir kreisen, drückt feste meine Klitoris. Dann wieder reibt er sie ganz zart. Er bückt sich und plötzlich ist sein Gesicht ganz nah an meiner Vagina. Er küsst sie. Zuerst ganz vorsichtig mit der Zunge, nur ein leichtes berühren, ein spielen. Dann immer fester. Irgendwann ist seine Zunge ganz in mir. Ich will Sex. Ich will ihn hier und jetzt. Ich will ihn ganz tief in mir spüren. Denken kann ich nicht mehr. Will ich auch nicht. Interessiert mich nicht. Ich will ihn hier und jetzt und ich will nichts anderes. Er küsst, er streichelt, er reibt und ich spüre ihn ganz, ganz tief in mir. Seine Finger, seine Zunge sind überall. Mein Körper explodiert, wie eine Hitzewelle und einige Sekunden fliege ich, bin nicht mehr am Boden. Mein Körper zuckt, und das mehrere Male hintereinander. Give me your Juices Baby. Gib mir deine Körpersäfte, gib sie mir, oh Baby gib sie mir. Er redet und macht mich damit noch mehr an. Ich bin die stille Genießerin, sage nichts, kann nur leicht stöhnen. Ich bin keine die redet oder stöhnt. Ich genieße still und leise, aber er sagt genau das richtige zum richtigen Zeitpunkt. Hier ist ein Experte am Werk. Wo hat dieser Mann das bloß gelernt. Ein Naturtalent mit viel Erfahrung offensichtlich. Dabei sieht er gar nicht so aus, eher seriös und konservativ. Wir haben uns erst vor wenigen Minuten kennengelernt, an der kleinen Strandbar am Golf von Mexiko. Ich schaukelte an der Bar. Er saß gegenüber. Schaute immer wieder rüber und sprach mich an. „Was will dieser pummelige Amerikaner von mir, wieso spricht der mich an." dachte ich. Aber er war charmant. Wir redeten und schon nach wenigen Minuten gingen wir zum Strand. Ein wenig an die frische Luft spazieren, das war die offizielle Version. Aber dann legt Cliff los und ich lasse alles zu.

Hier am Strand können wir keinen Sex haben. Wir verabreden uns nach dem Abendessen im Apartmentkomplex von Cliff. Ich fahre mit dem Taxi schnell nach Hause ins Apartment von Sophia. Sie findet es nicht schlimm, dass ich mich verabredet habe, ohnehin möchte sie später in der Nacht etwas mit ihren Freunden unternehmen. Schnell dusche ich, und ziehe mich schön an. Dafür brauche ich eine halbe Stunde. Ein cremefarbenes Sexy Kleid. Nicht zu kurz, elegant. Meine weißen High Heels und eine lange Goldkette. Fertig. Ich möchte mich beeilen, denn ich möchte den verrückten Amerikaner, der so gut küssen und streicheln kann, so schnell wie möglich wiedersehen. Wir können uns nicht im Apartment bei Cliff treffen, weil er Freunde zu Besuch hat und wir können uns nicht bei mir treffen, weil Sophia bei mir ist und deshalb haben wir uns am Pool in seinem Wohnkomplex, seinem Condo, verabredet. Cliff wartet am Eingang auf mich. Er steht da in seinem T Shirt und seinen beigen Shorts und strahlt. Wie ein Schuljunge sieht er aus. Er ist süß. Ich mag diese Kombi männlich und trotzdem süß. Cliff nimmt mich mit zum Pool und hat dort schon alles vorbereitet. Ein Mann der Planung offensichtlich. Ich bin verwirrt. Wie viele Frauen verführt er täglich. Aber es ist mir jetzt ohnehin völlig egal. Cliff hat kreisrunde weiße Poolliegen in eine Ecke gelegt, in der uns keiner sehen kann. Mein Kleid hat er in wenigen Sekunden ausgezogen. Ich lasse ihn, ich will es so. Mit seinen Fingern streichelt er zärtlich meine Vagina, findet dort sofort die erogenen Zonen. Mit der anderen Hand streichelt er meine Brust. Seine Finger streicheln, zwicken und kneten meine Brustwarzen. Fast ohne dass ich es merke ist er in mir. Sein Penis ist sehr, sehr hart. Er bewegt sich langsam, dann schneller, immer schneller. Dann wieder bewegt er sich langsamer. Dieser Mann ist wirklich ein Experte, in jeder Hinsicht. So guten Sex habe ich so noch nie gehabt. Er dreht mich ganz selbstverständlich und sehr schnell um. Ich liege auf dem Bauch. Dann wieder dreht er mich auf den

Rücken. Er schiebt ein Kissen unter meinen Rücken. Und er macht weiter. Stundenlang. Seinen eigenen Orgasmus schiebt er hinaus. Offensichtlich kann er gut warten. Dafür kommen meine hintereinander, sehr viele. Ein Orgasmus nach dem anderen. Ich hatte davon gehört. Wusste, das wir Frauen das haben können, aber nicht das es das auch wirklich gibt, nicht so, nicht so viele, das ist ganz neu für mich. Ich bin nur ein einziges fühlen, ein einziges sein. Sex, Sex. Ich möchte nichts anderes. Jetzt und hier und sofort. Er spielt, er streichelt, küsst, küsst meine Vagina, seine Zunge tief in mir, ich genieße, ich komme, wow, ich möchte ihn jetzt und hier sofort in mir spüren. Aber er wartet, er küsst und streichelt. Er macht mich wahnsinnig. Er weiß genau was er tut, jede Sekunde. Am Pool unterm Sternenhimmel komme ich und komme und komme. Ich wusste gar nicht, dass ich so oft kommen konnte. Ich will ihn immer in mir spüren.

Abenteuer

Am nächsten Nachmittag treffen wir uns wieder an der Strandbar. Er ist geradewegs von seiner Arbeit zum Strand gekommen. Und wieder fahre ich schnell nach Hause. Duschen, umziehen und mit dem Taxi zu seinem Apartment, wo seine Freunde mit ihm wohnen und wir keinen Platz für uns haben. Diesmal treffen wir uns ganz oben im fünften Stock auf der Penthouse Terrasse mitten in Playa del Carmen. Hier haben wir mehr Ruhe als am Pool. Diesmal hat er eine Liege geschickt hinter dem Whirlpool platziert, damit uns auch hier ja niemand sehen kann. Diese Liege ist für die nächsten Tage der schönste Ort der Welt für mich und für ihn, für uns. Unter Sternenhimmel lieben wir uns, nein, haben den heißesten Sex.

Sex fast ohne Ende jeden Tag von etwa zehn Uhr abends bis morgens früh beim Sonnenaufgang. Wir spielen mit den Fingern, mit der Zunge, mit dem Penis. Ein

Blow Job ? Nun ja, nichts besonders, aber mit diesem Mann plötzlich besser als jedes Eis, besser als jeder Champagner, Besser als alles andere in meinem Mund. Sein Penis, perfekt geformt, perfekt von der Größe. Perfekt in meinem Mund. Jeden Tag gibt es neue Grenzen und ich möchte sie alle überwinden. Sex von hinten war bis jetzt für mich absolut Tabu. Ich mag es nicht. Cliff sagt: „wenn du das nicht magst, dann haben bis jetzt alle Männer etwas falsch gemacht." Ok kann sein, jeder hat so seine Sprüche. Sex von hinten. Die Frau auf den Knien, oder gebückt oder liegend in Löffelchen Stellung und dann von hinten. Es tut weh, macht keinen Spaß. Welcher Sexfilm zeigt Frauen, denen das Spaß macht. Viele. Ah, ja Männerfantasien. Ich glaube nicht, das eine Frau das mag. Ich glaube, das ist alles nur gespielt. „„Doch" sagt Cliff, „alle Frauen mögen das. Man muss nur wissen, wie man es richtig macht." Ok ich lasse mich überraschen. Lass mich mal machen.

Er legt mich hin. Flach auf den Rücken. Er ist ein Mann, der weiß was er will und das auch sofort in die Tat umsetzt. Ich liege auf dem Rücken und er stellt sich vor mir hin, schiebt seinen Penis vorsichtig in meinen Anus, zwischen meine Pobacken, in meinen Hintern. Gleichzeitig spielt er mit meiner Vagina, dann nimmt er meine Hand und legt sie auf meine Vagina und ich spiele weiter mit meiner Vagina. Das ist unglaublich. Ich kann nicht mehr denken. Dieses Gefühl, das toppt alles. Von hinten und von vorne Gefühle, Sex pur, Leidenschaft. Nur fühlen, fühlen, fühlen. Dieser Mann ist ein Genie und dabei sieht er gar nicht danach aus. Weshalb mochte ich bisher Sixpacks? Oh wow. Er weiß was er tut und er tut es so dass Frauen es mögen. Die Penthouse Terrasse wird zu unserem Palazzo, unserem eigenen Lustgarten, unserem Spielplatz für die nächsten Tage. Niemals in meinem ganzen Leben werde ich diese Penthouse Terrasse vergessen können. Im

Hintergrund vor der Glasabsperrung in vierzig Metern Höhe leuchtet der Weihnachtsbaum von Playa. Bunte kitschige Lampen gehen an und aus. Mexikanischer Weihnachtskitsch vor meinen Augen. Ich lehne an der Balustrade und schaue rüber zum Weihnachtsbaum, während Cliff mich von hinten nimmt und ich den besten Sex meines Lebens genieße. Ich stöhne auf und immer und immer wieder komme ich. Will hier nie mehr weg.

Deutschland

Zurück in Deutschland ist die Sehnsucht groß. Die Sehnsucht nach diesem besten Sex, aber auch die Sehnsucht nach dieser Seele. Die Sehnsucht nach mehr. Was man einmal geschmeckt hat, davon will man immer mehr, wenn es gut war und es war gut und ich will mehr, mehr, noch viel mehr. Spontan entscheide ich mich wieder nach Mexiko zu fliegen. Alle Freunde halten mich für verrückt. Manche versuchen zu verstehen. Ich bin völlig betrunken vor lauter Liebe. Nein nicht vor Liebe vor Sex, vor Gefühlen. Von Liebe kann hier noch keine Rede sein. Oder doch. Kann das hier überhaupt zu einer Liebe werden, oder ist es nur eine Urlaubsbekanntschaft. Ein Amerikaner der mit der Bierdose in der Hand Wasserski fährt. Der T Shirts eines Motorradclubs trägt mit Aufschriften wie „Ein Krokodil kommt nur wegen einem Bier aus dem Wasser. Der Harley fährt und Spaß hat bei Motorradshows in den States. Und der in seiner Freizeit nur Shorts und Jeans trägt, ist nicht falsch, bequem halt, so wie Amerikaner sind. Das passt nicht zu mir, gar nicht, ich mag weder Motorräder noch Krokodile, noch Bier. Und ich verzichte als Europäerin nicht auf meinen Stil. Den pflege ich, und so gehe ich in meinem sexy Kleid und mit High Heels neben ihm durch die Fußgängerzone von Playa, unterwegs zum Restaurant. Mit meinen höchsten

Schuhen bin ich sogar noch etwas größer als Cliff. Das stört mich nicht. Eine Kombi die geht. Nach unserem Rooftopsex gibt es nichts besseres, oder doch ?

Zurück

Meine Freundinnen in Deutschland halten mich für verrückt. Woher kommt er. Aus Amerika. Aus den Südstaaten ? Bist du ganz verrückt, das ist ein Cowboy, sagt Joanna. Die trinken den ganzen Tag Bier, machen blöde Frauenwitze und schauen sich Football an. Sie hat Recht. Schon am ersten Abend, als ich gerade angekommen bin, wieder zurückgekommen bin, schaut sich Cliff Football an. Aber warum auch nicht, deutsche Männer lieben Fußball und trinken auch Bier. Es sind halt Männer. Cliff nimmt mich mit zu seinen Freunden im mexikanischen Playa, in eine typisch amerikanische Sportsbar. Denn dort werden gerade die Amerikanischen Meisterschaften im Football übertragen.

Du fliegst also um die halbe Welt für einen Mann, obwohl dir hier in Deutschland gerade die Männer die Bude plattlaufen weil du wieder Single bist. Da sind doch auch ganz passable Exemplare dazwischen. Was hat der denn was besser ist. Sieht der verdammt gut aus ? Doch sage ich, er sieht gut aus, ich finde ihn toll. Ich zeige ihnen das Facebookbild. Joanna muss lachen, der ist doch pummelig, er sieht nett aus, aber doch nicht verdammt gut. OK, na schön, na dann wird er doch wohl mindestens viel Geld haben ? Nein, ich glaube, das hat er nicht. Er arbeitet im Immobiliengeschäft. ? Bist du völlig auf den Kopf gefallen, was hat er denn wohl. Was kann er dir bieten, fragt Joanna. Ich sage: Meine Seele sucht ihn und er ist verdammt gut im Bett und ich mag ihn einfach. Ich fühle mich wohl bei ihm. Meine Freundinnen sind entsetzt. Für den guten Sex fliegst du tausende Kilometer weit. Das kannst du doch hier an jeder Ecke haben. Meine Freundinnen sind entsetzt. Auch meine Tochter Sophia, mit der ich telefoniere, kann mich nicht verstehen. Wegen diesem Cliff fliegst du wieder um die halbe Welt. Ja, ich habe mich verliebt und der Sex ist wunderbar. Sex ? in deinem Alter. Wieso hast du da noch Sex. Ja, natürlich, ich denke den ganzen Tag an nichts anderes. Für junge Menschen, für 20 jährige sind über vierzigjährige, Zombies die vor dem Fernseher abhängen, und dabei den ganzen Abend Chips essen. Aber Sex. Das ist ein Thema, daran denken die Alten nicht mehr, denken die Jungen. Das Gegenteil ist wahr. Also Sophia, wann denkst du denn, das es aufhört. mit 25. mit 32 oder mit 41. Nenne mir das Alter in dem es aufhört. Meine Eltern mit 80 und 75. Da kann ich mir zwar auch nicht vorstellen, dass sie noch Sex haben, aber mit Sicherheit haben sie Sex. Ich denke da gibt es keine Altersgrenze. Man möchte es sich nur nicht vorstellen, zumindest nicht bei uns in Deutschland. Aber hier in

Mexiko zieht die 70jährige ihren knappen Tigermini oder ihr rotes superkurzes Spitzenkleid an und tanzt Salsa. Der siebzigjährige Pedro im weißen Anzug fordert sie auf, und alle wissen. Tanzen ist nur das Vorspiel für alle weiteren Vergnügungen.

Angekommen

Ich bereue es keine Sekunde, jetzt wo ich hier bin. Die Abende und die Morgen gehören uns. Es ist wunderbar. Ich brauche kein Essen, keinen Schlaf. Ich brauche gar nichts. Ich bin völlig relaxt.

Cliff sieht aus wie ein echter Südstaatenamerikaner. Nicht sehr groß, kräftig und ein wenig untersetzt, weil er gerne isst und Bier trinkt. Er hat volle Haare, kein bisschen Glatze, sehr weiche, dunkelblonde Haare und grüngraue Augen. Seine Hände sind kräftig und sein Gesicht strahlt Vertrauen aus. Er sieht Sympathisch aus und für einen Mann von über fünfzig hat er wenig Falten und ist wohl gutaussehend. Er hat einen Charme mit dem er die Frauen erobern kann. Sein Humor ist typisch amerikanisch. Meine europäischen Witzeleien versteht er nicht sofort.

Für diesen Mann bin ich um die halbe Welt geflogen. Ich musste ihn einfach wiedersehen. Eine Woche lang waren wir jeden Tag und jede Nacht zusammen. Wir hatten kein eigenes Bett und kein eigenes Dach über dem Kopf. Wir haben Nächtelang auf einer Penthouse Terrasse mit Blick über Playa del Carmen unter Sternenhimmel den besten Sex gehabt. Zurück in Deutschland schreiben wir heiße Emails und Nachrichten auf Facebook. In Deutschland ist Facebook das Nachrichtenportal der Jugendlichen, in Amerika und Mexiko ganz selbstverständlich ein Kommunikationsmittel für alle. Cliff: Was machst du gerade mit deinen Händen. Er schickt mir ein Bild von seinem Penis. Wow, das Bild hat er aber toll hingekriegt. Es ist ein schönes Bild, gut ausgeleuchtet, sein Penis fast so schön wie in echt. Ich kann an nichts anderes mehr denken als an diesen Mann und ich will nur eines. Diesen Mann fühlen. Sex mit diesem Mann. Nichts anderes interessiert mich. Er schreibt mir, ich soll ihm Fragen stellen. Wir wollen uns besser kennenlernen. Ich will aber nur eines. Ich will ihn fühlen. Ist das Seelenverwandtschaft. Haben sich zwei Seelen gefunden oder ist das der reine pure Sex, die reine pure Lust. Ich fühle nur und bin völlig wahnsinnig weil mein Körper ihn haben will. Aber auch meine Seele fühlt sich irgendwie zu ihm hingezogen. Und ich fliege zum zweiten Mal nach Mexiko innerhalb von vier Wochen. Zwölf Stunden sitze ich im Flugzeug, höre Country- und Housemusik vom eigenen Sender im Flugzeug, und kann nur an eines denken. In wenigen Stunden bin ich endlich da, wo ich hin will. Und dann steht er vor mir. Pure Freude.

Er und ich. Ich und er. Er wirbelt mich durch die Luft, wir umarmen uns, wir Küssen uns, er nimmt mich an die Hand und ohne zu reden gehen wir an den Strand. Ich kann es nicht glauben, du bist wirklich wiedergekommen. Aber auch bei meinem zweiten Besuch haben wir immer noch kein eigenes Apartment. Keinen Ort wo wir gemeinsam hingehen können. Seine Freunde sind immer noch da, und meine Tochter auch. Wir brechen in ein Apartment ein, von dem ich weiß, dass es nicht abgeschlossen ist und das es leer ist, und wir haben Sex, richtig guten Sex. Wir benehmen uns wie Teenager. Cliff streichelt Stellen, von denen ich gar nicht wusste dass ich sie habe. Er entdeckt Zonen bei mir die ich vorher nicht kannte.

Am nächsten Tag mieten wir ein Apartment. Nur für uns, fünf Wochen lang. Endlich haben wir unser Bett. Viele Nächte auf einer Penthouse Terrasse haben wir davon geträumt und uns ein Bett gewünscht. Und jetzt im Bett erinnern wir uns so gerne an genau diese Penthouse Terrasse. Sex im strömenden Karibikregen. Das heißt, Regenschauern wie unter der Dusche. Pitschnass haben wir uns geliebt und danach unsere nassen Kleider aufgehoben und angezogen. Dieses Wahnsinnsgefühl können wir nicht wiederholen, aber wir versuchen es zu toppen jeden Tag aufs Neue.

Um drei Uhr Nachts werde ich wach. Cliff streichelt zärtlich meinen Bauch. Ich kuschle mich ganz nah an ihn heran, Sein Körper ist so kräftig. Seine Haut so weich. Er hat irisch, deutsche Vorfahren und das sieht man ihm an. Seine Haut ist sehr hell und hat viele Sommersprossen. Er geht praktisch nie in die Sonne, wird sofort rot wie ein Krebs. Ich liebe die Sonne und bin in einer Woche schon richtig braun geworden. Ich liebe seinen Körpergeruch. Eine Mischung aus Donna Karan, Männerschweiß und einer frischen grünen Wiese am Morgen. Mein linkes gebräuntes Bein liegt über seine schneeweißen Beine. Ich schaue uns an und mir gefällt das Bild. Ich spüre wie sein Penis härter wird. Wie selbstverständlich fange ich an seinen Penis zu küssen. Zuerst ganz vorsichtig, dann sauge ich feste, dann wieder lasse ich den Druck nach und küsse zart und vorsichtig und lasse meine Zunge wie ein flatternder Schmetterling über seinen harten Penis kreisen. Ich streichle, Küsse, meine Zunge spielt mit seinem Penis. Cliff stöhnt. Oh Baby, yes, thats it. Ich setze mich auf ihn mit meinem Gesicht zu seinem und bewege mich langsam hin und her. Ich werde immer schneller und reite wie im Galopp auf ihn. Ich bewege mich vor und zurück und ich spüre seinen Penis an meinem G Punkt. Your Pussy is so wet, du bist so nass. Das stimmt, ich brauche Cliff nur anzukucken, dann werde ich schon sehr feucht. Aber wenn er mich berührt dann bekomme ich einen Orgasmus nach dem anderen. Plötzlich dreht er mich um, schnell und kräftig Wir haben Sex von hinten. In dieser Position spüre ich ihn immer sehr tief in mir, fast schon zu tief, aber es ist ein schönes Gefühl von leichtem Schmerz. Er bewegt sich heftig und schon nach wenigen Minuten spüre ich, dass er kommen möchte. I am Coming Baby. Ja, es ist gut so. Er kommt in mir und das mag ich sehr. Wir ruhen uns aus, liegen dicht nebeneinander und streicheln. Nach einiger Zeit merke ich, dass er schon wieder erregt ist. Dieser Mann hat so unglaublich viel sexuelle Energie und dass in seinem Alter mit über fünfzig und wie er sagt alles ohne Viagra. Offensichtlich hat die Natur die Menschen völlig unterschiedlich gepolt. Cliff ist ein Mann der das Leben liebt, er lacht gerne, ist zwar sehr organisiert in seinem Job und sehr Ordentlich aber er macht einen völlig unkomplizierten Eindruck und das vermittelt er auch im Bett. Am liebsten hat er Sex am frühen Morgen, bevor er zur Arbeit geht. Wir haben Sex manchmal mitten in der Nacht bis zur Dämmerung um sechs Uhr. Einmal nochmal und nochmal, immer, immer wieder. Ich spüre wie meine Vagina brennt. Unterhalb von meinem Bauchnabel steht mein Körper in Flammen. Aber es fühlt sich gut an. Es ist gleichzeitig ein Gefühl der totalen Entspannung. Wenn ich bei Cliff bin, bin ich vollkommen zufrieden. Ich brauche nichts anderes. Mein Kopf ist völlig leer. Ich denke an gar nichts.

Wir sind völlig unterschiedlich von Charakter. Ich bin spontan offen und lasse mich schnell auf Leute ein. Cliff ist zurückhaltend und rücksichtsvoll, trotz seiner sexuellen Energie. Er ist konservativ. Die ersten Nächte hält er sich völlig zurück, streichelt mich nach dem Sex kaum und kuschelt auch nicht. Ich bin enttäuscht. Die Nächte mit ihm hatte ich mir anders vorgestellt. Aber ich nehme nicht die Initiative. Ich denke er braucht Zeit und so ist es auch. Von Nacht zu Nacht rückt er immer näher und sein Arm legt sich um meinen Körper. Ich genieße die Nähe zu ihm und wir schlafen gemeinsam ein.

Ich liege im Bett im Apartment in Playa del Carmen in Mexiko. Zuhause ist so weit weg. Tausende Kilometer. Aber auch in meinem Kopf ist Deutschland weit weg. Unvernünftiger kann man wohl nicht sein. Hierher zu fliegen zu einem mir praktisch unbekannten Amerikaner ist so unlogisch und es gibt keinen Grund hier zu sein außer Cliff. Meine Seele hat sich entschieden und sie hüpft vor Freude. Es gibt kein Denken. Nur erleben. Ich genieße jeden Tag. Meine Gefühle sind so intensiv, sie fließen in mir über. So wie ich jetzt fühle möchte ich sein. Ich will nichts anderes. Das was jetzt passiert ist genau das was ich möchte. Ich bin so glücklich. Ich liebe mein Leben so wie es jetzt ist so sehr. Ich bin zufrieden mit mir selbst und ich möchte Cliff gerne daran teilhaben lassen.

Zukunft

Wir reden darüber wie unsere Beziehung weitergehen kann. Ich schiebe dieses Thema Beiseite. Sage ihm wir wollen jeden Tag genießen. Immerhin haben wir, wenn wir es möchten, noch einige Wochen zusammen. Dann aber bleibt er in Mexiko. Cliff kann nicht weg. Er kann seinen Job nicht aufgeben. Europa ist keine Alternative für ihn. Er spricht nur englisch, wie fast alle Amerikaner. Und ich bin zurück in Deutschland und habe auch meinen Job den ich nicht gerne aufgeben möchte. Gibt es eine Perspektive für uns. Ich beruhige ihn und sage: es gibt für alles immer eine Lösung wenn man möchte, wir finden einen Weg. Lass uns einfach warten. Eine Long Distance Relationship braucht Vertrauen. Wenn wir diese Beziehung nicht wollen, dann werden wir Gründe finden und Ausreden sie zu beenden. Wenn wir bereit sind, dann werden wir das schaffen und wir haben viel Zeit. Wenn es Liebe ist dann kann man daran nichts ändern. Man kann nichts dafür tun außer ihr Zeit zu geben und den nötigen Raum sich zu entfalten.

Cliff hat Angst sich zu öffnen, mir seine Gefühle mitzuteilen. Offensichtlich wurde er zu oft verletzt, das spüre ich deutlich und wir reden auch darüber. Auch ich habe Angst. Jeder der einen neuen Menschen kennenlernt und sich auf ihn einlässt, ihn in sein Leben lässt hat wohl auch gleichzeitig Angst wieder verletzt zu werden. Aber die Angst hemmt. Wir haben nur eine Chance wenn wir unsere Gefühle zulassen. Wir können uns nicht davor schützen verletzt zu werden. Die Möglichkeit neue Wunden zu bekommen ist da. Aber das können wir nur erfahren indem wir das Neue zulassen. Sonst hat eine Liebe keine Chance. Wenn wir uns schützen wollen, dann bauen wir Mauern auf und die werden dafür sorgen, dass keine Liebe entstehen kann. Mein Herz ist offen, offen für Cliff. Wenn er es verletzt dann ist das seine Entscheidung. Ich entscheide mich dafür mich zu öffnen, für ihn. Das ist das was ich möchte und das zählt. Vielleicht habe ich in ihm einen Mitspieler gefunden, der womöglich auch das möchte was ich will. Ob es tatsächlich so ist wird die Zeit zeigen.

Als wir uns kennengelernt haben war es reine Anziehungskraft. Etwas hat uns zueinander geführt. Dann war da auch eine erotische Anziehungskraft und gleichzeitig ein starkes sexuelles Gefühl, das bis jetzt anhält. Aber es entsteht von Tag zu Tag noch etwas anderes, eine Zuneigung und das Gefühl diesen Menschen in meinem Leben haben zu wollen.

Cliff hat mir von Anfang an seine Einstellung zu einer Beziehung deutlich erzählt. Ich bin da wohl sehr altmodisch, sagt er. Ich mag es nicht wenn Frauen mit denen ich eine Beziehung habe mit anderen Männern flirten. Was wirst du machen wenn dich am Strand Jemand anspricht und mit dir Flirtet. Ich antworte: ich werde ihm sagen, dass ich einen Freund habe, aber ich kann doch mit ihm reden. Ja, aber sogar reden hat einen bestimmten Grund. Er möchte dich kennenlernen, und das könnte mir nicht gefallen. Ich kann ihn verstehen, denn umgekehrt fände ich es auch nicht toll wenn er mit einer anderen Frau flirtet. Ist das Altmodisch? Es ist klar und führt nicht zu Missverständnissen. Gerade hier in Playa del Carmen wo die Luft voll ist von Erotik und viele auch aus diesem Grund hierher kommen, ist das ein guter Standpunkt. Das, was wir erleben, kann der Anfang sein von noch viel mehr, wenn wir offen sind und uns gegenseitig Vertrauen, sage ich ihm. Aber es muss auf einer freiwilligen Basis geschehen. Wir müssen es wollen. Wir dürfen das nicht fordern. Aber darüber zu reden ist überflüssig, denn es ist selbstverständlich finde ich. Gegenseitige Ansprüche haben da nichts verloren. Es ist wichtig die Bedürfnisse zu spüren und zu äußern von beiden Seiten. Wir machen uns gegenseitig Geschenke ohne Geschenke zurückzufordern.

Eifersucht

Nur wenn Sex im Spiel ist gibt es auch Eifersucht. Wenn Sex keine Rolle spielt oder keine Rolle mehr spielt, dann spielt auch Eifersucht keine Rolle. Warum ist das so. Gibt es eine tiefe Liebe ohne Sex. Ich kannte einen Mann, der sagte mich zu lieben, ohne Sex. Für ihn spielt Sex keine Rolle, er mag es nicht, er will es nicht und es bedeutet ihm rein gar nichts, aber er sagt er liebt mich, auch so auch ohne Sex, er lässt mich gehen wohin ich möchte und ich lasse ihn gehen. Wenn ich jetzt wüsste er wäre mit einer anderen Frau zusammen so wäre es mir völlig egal und das ist für mich ein Zeichen dafür, das ich ihn nicht liebe. Bei Cliff kann von Liebe keine Rede sein, eher von

Zuneigung oder von sexuellen Gelüsten, aber wenn ich wüsste, das er mit einer anderen Frau zusammen wäre, wäre ich sehr eifersüchtig. Aber wir haben keine Ansprüche aneinander, jeder geht seinen Weg, wir sind erwachsene Menschen, die sich zeitweise gefunden haben, und eine schöne Zeit zusammen verbringen. Das ich hierhin gekommen bin, war das beste was ich machen konnte, ich kann das ausleben was in mir brodelt.

Cliff erzählt mir von den Frauen in seinem Leben die ihn betrogen haben, auch mit anderen Männern. Als er sie erwischt hat, sind sie wütend mit dem Messer auf ihn losgegangen oder haben ihn mit dem Baseballschläger bedroht. Er kann das nicht verstehen: Kannst du dir das vorstellen. Ich erwische sie in flagranti und sie geht auf mich los . Wie verrückt ist das denn. Ich kann es aber nachvollziehen was da passiert ist. Die Frau hat sich unterlegen gefühlt und hat deshalb Wut gespürt. Er wurde in diesem Moment zum

Opfer und sie wurde zum aggressiven Täter. Sie waren keine gleichwertigen Partner mehr. Das Ende einer Beziehung. Endgültig.

Cliff liebt meine Locken über alles. Jedes Mal fängt er über meine blonden Locken an und nimmt sie in seine Hände. Ich sage ihm, dass ich meine Locken gar nicht mag, ich hätte lieber glatte Haare und deshalb glätte ich sie manchmal. Siehst du, das ist der Grund weshalb ich Frauen überhaupt nicht verstehe und nicht vertrauen kann. Nie sind sie zufrieden, immer wollen sie das, was sie nicht haben, das fängt bei den Haaren an und hört beim Mann auf. Wenn ich ganz ehrlich bin muss ich ihm sogar Recht geben, denn es stimmt. Wir Frauen möchten immer was anderes, was neues. Immer sind wir unzufrieden mit unserer Frisur, mit unserer Figur, mit unserem Kleiderschrank und natürlich meckern wir auch oft an unseren Männern rum. Ist er ruhig, dann finden wir ihn langweilig. Will er immer was unternehmen, dann ist er rastlos und stresst uns. Arbeitet er viel und verdient viel Geld, dann sind wir unzufrieden weil er nie da ist. Arbeitet er wenig und ist oft Zuhause dann nennen wir ihn einen Faulenzer. Aber das würde ich jetzt natürlich nie zugeben. Nein Cliff, so ist das nicht, das siehst du zu einfach. Wir Frauen sind halt anspruchsvoll, wir wissen genau was wir wollen und oft ist das halt etwas anderes als das was wir haben. Cliff schweigt, denn er ist klug und ahnt wohl, das diese Unterhaltung zu gar nichts führt.

Am frühen Morgen, noch vor der Dämmerung fängt Cliff an mich zu streicheln. Er berührt meine Brustwarzen bis sie hart werden. Ich fühle durch mein T Shirt wie sich meine Brustwarzen wie kleine Knospen unter seinen Fingern entfalten. Ich habe aber keine Lust mein T Shirt auszuziehen und überlasse ihm die Initiative. Ich streichle ihn und spüre wie sein Penis hart wird. Cliff fragt: möchtest du zusehen wie ich komme. Ja, du machst den Job selbst und ich schaue zu. Er nimmt seinen Penis in seine Hand und befriedigt sich selbst. So wie Männer das halt machen: schnell hin und her bewegen und irgendwann kommt er. Ich frage ihn: magst du das gerne. Manchmal selbst kommen. Nein, das ist immer nur ein Ersatz. Aber du wolltest doch gerne kommen. Ja Baby, weil ich dachte du wärst müde und wolltest schlafen. Ich bin überrascht: Das klassische Missverständnis. Ich dachte, er nimmt die Initiative und zieht mich aus, fällt über mich her. Er aber wollte Rücksichtsvoll sein. Ich wollte erobert werden, habe gewartet bis er die Initiative nimmt. Nimmt er sie oder nicht. Wie sollte er wissen was ich möchte. Ich war nicht deutlich genug. Ich ärgere mich über mich selbst und nehme mir vor, nächstens deutlicher klar zu machen was ich möchte. Cliff zieht sich an, geht zur Arbeit, ich bleibe im Bett liegen und denke nach.

Gerade in einer solchen Beziehung wie wir sie haben, ganz am Anfang, ist es unheimlich wichtig zu reden, auch über kleinste Dinge. Das ist mir gerade wieder klar geworden. Und ich werde reden, mehr reden, nicht stundenlange Monologe halten sondern auch über die scheinbar unwichtigen Nebensachen die sonst zu großen Missverständnissen werden können, das ist mein Ziel. Denn sonst schmollt er und dann schmolle ich und dann ist die wunderschöne Beziehung schnell nur noch eine Belastung. Er ist Amerikaner und ich merke von Tag zu Tag mehr, dass er wenig über seine Gefühle spricht. Womöglich ist er das so gewohnt. Unsere Situation ist die eines französischen Film Noir und eines amerikanischen Familienfilms. Eine schöne Kombination die zu einem tollen Ergebnis führen kann. Aber wir müssen daran arbeiten.

Wir reden über Vertrauen. Ich habe schon bemerkt, dass er ein Mann ist der in seinem Leben oft von Frauen enttäuscht und auch sehr verletzt wurde. Er ist sehr zurückhaltend mit seinen Gefühlen. Frauen haben ihn oft betrogen, manchmal sogar fast vor seinen Augen, so erzählt er mir. Wenn er sie mit ihrem Verhalten konfrontiert hat, wurden sie aggressiv. Ich verstehe ihn. Auch mir geht es so. In der Mitte des Lebens haben wir viele Erfahrungen gemacht. Ich glaube es gibt nur wenige Menschen, vielleicht gar keine, die nicht enttäuscht worden sind in Beziehungen, sogar wenn sie seit vielen Jahren in einer festen Beziehung leben. Auch ich habe schlechte Erfahrungen gemacht. Laut meinen Freundinnen und meinen Verwandten habe ich bisher keine guten Männer gehabt. Ich sehe das anders. Wir hatten auch gute Zeiten, vor allem am Anfang, aber es hat halt auf Dauer nicht gepasst. Trotzdem würde ich heute nichts anders machen.

Sophia redet und redet und redet und redet mir die Ohren vom Kopf. Von ihrem schwulen Friseur Diego, der am liebsten mit bisexuellen Männern vögelt, weil die ihm nicht mit Beziehungsstress kommen.

Ich bin am Strand in meiner Lieblingsstrandbar Canibal Royal und unterhalte mich mit einem DJ aus London der wegen den Partys am vergangenen Wochenende hier war. Morgen fliegt er weiter nach New York und wird dort einen Abend in einem neuen Loungeclub auflegen. Danach fliegt er weiter nach Brasilien. Kein schlechtes Leben, obwohl ich mir das für eine Beziehung schwierig vorstelle. Dann ruft Cliff an. Darling, was machst du. Ich bin am Strand, gehe gleich einkaufen. Cliff fühlt sich nicht gut: „Ich bin in meinem Apartment, habe unheimlich starke Kopfschmerzen. Ich antworte: ich möchte gleich Pasta machen mit einer italienischen Soße. OK, Baby, dann ruf doch an, wenn du Zuhause bist. Einkaufen macht hier unheimlich viel

Spaß. Alles ist frisch. Gemüse, Obst, Wassermelonen, Ananas, Papaya, Mango, Kaktusfrüchte, rote Paprika. Es gibt einfach alles frisch und dazu eine riesige Fleisch- und Fischtheke im Supermarkt, köstliches Gebäck in allen Variationen und alles zuckersüß, frisch und lecker. Man kann sich auch einen Obstsaft pressen lassen und da alle Sorten hineintun, die man mag. Und alles ist für europäische Verhältnisse preiswert. Warum sind Barilla Nudeln hier billiger als in Italien ? Es liegt wohl am Lebensstandard. Ich fahre mit dem Taxi nach Hause und fange an zu kochen, trinke dabei einen Chardonnay, schicke Cliff eine SMS – Making Dinner for us. Zehn Minuten später ist er da. Wir essen, trinken Wein, reden dabei viel wie immer. Wir lernen uns besser und besser kennen. Wir gehen früh ins Bett und kuscheln, streicheln und haben den besten Sex und das auch wie immer. Gibt es eine Steigerung. Unsere Körper passen perfekt zusammen, eine

Symbiose aus zwei Welten die passt. Es gibt Milliarden Körper auf dieser Erde. Jeder ist anders und womöglich gibt es zu jedem Körper nur sehr wenige die wirklich dazu passen. Welcher Penis passt zu welcher Vagina. Mal ist der Penis zu klein oder zu groß, zu lang oder zu dick. Mal ist die Vagina zu groß oder zu klein oder zu trocken, manchmal vielleicht auch zu nass. Bei uns passen die beiden Körperteile wie Stückchen in einem Holzpuzzle zusammen. Sie klicken ineinander und deshalb lieben wir es miteinander zu spielen. Engumschlungen schlafen wir gegen Mitternacht ein. Wir sind völlig erschöpft. Das Bett ist klitschnass, von unserer Körperfeuchtigkeit. Sperma, meine nasse Vagina und unserem Schweiß. Es stört uns nicht. Gegen fünf Uhr morgens werde ich wach. Cliff streichelt mich, ich streichle ihn und schon ist es wieder um uns geschehen. An Schlaf ist nicht mehr zu denken. Wir haben Sex von der Seite, von

Oben, von Unten. Ich reite auf ihn. Sitze auf ihm, mit dem Gesicht zu ihm und danach mit dem Rücken zu ihm. Ich komme mehrmals, er auch. Er sitzt wie ein Buddha vor mir und bewegt seinen Penis ganz tief in mir. Gegen sieben Uhr als er wieder kurz vorm Höhepunkt ist, klingelt sein Handy. Yeah, schreit Cliff ins Telefon….dieses Yeah sagt alles aus. Ich muss lachen. Derjenige der da am Apparat ist, weiß jetzt ganz genau wobei er gestört hat, das steht fest. Verdammt noch mal genau im falschen Augenblick ruft er an. Cliff muss gehen, sein Geschäftspartner hat ein Problem und er muss früh im Büro sein. Wir duschen und essen Omelett und Obstsalat. Dieser Mann ist unersättlich, so etwas habe ich noch nicht erlebt, nicht einmal bei einem 19jährigen und dabei ist er fast 52. Kurz bevor er geht erzählt er mir sein Geheimnis. Ich nehme kein Viagra oder sonstiges, nur mein eigenes Produkt, ein rein natürliches pflanzliches Pulver das nehme ich jeden Tag. Jetzt verstehe ich warum du so viel Ausdauer hast, ich habe mich schon gewundert, sage ich. Das Produkt muss wirklich gut sein. Als Cliff gegangen ist ziehe ich das Bett ab, wechsle Laken und Kissenbezüge. Heute Abend gibt es eine frische Fortsetzung.

Meine Freundinnen haben Recht. Cliff ist ein Cowboy. Nach und nach erzählt er mir was er in seinem Leben gearbeitet und gemacht hat. Über seine Gesundheit macht er sich keine Sorgen. Er sagt: Ich bin Froh dass ich überhaupt noch lebe. Mehrmals hat man auf mich geschossen. Richtig geschossen, frage ich erstaunt. Ja, ich habe als Bounty Hunter gearbeitet. Bounty Hunter. Davon habe ich noch nie gehört, klingt nach einer Meuterei, nach Seefahrer. Nein, damit hat das gar nichts zu tun. Das sind Leute, die werden vom Staat angestellt um diejenigen die trotz einer Kaution nicht zu ihrem Gerichtstermin erscheinen, wenn nötig mit Gewalt zum Gerichtssaal zu bringen.

Bei einem dieser Jobs hätte es mich fast erwischt, denn diese Kerle haben keine Hemmungen.

Kannst du mit einer Waffe umgehen. frage ich Cliff. Was für eine Frage, was glaubst denn du wie oft ich eine Waffe benutzen musste. Also du hast schon mal geschossen. Ja, natürlich. Ich hatte zeitweise bis zu vierzig Waffen in meinem Safe. Klar hat er Waffen in seinem Safe. In Amerika ist das wohl völlig normal.

Frauen

In den Apartments am Rande von Playa von denen wir eins gemietet haben wohnen fast nur Europäer. Meine Nachbarn sind ein Deutscher aus Berlin der mit einer Mexikanerin verheiratet ist, zwei Französinnen aus Paris und einige Italiener. Eine europäische Enklave mitten in Playa. Wir sprechen englisch, deutsch, französisch, italienisch und spanisch alles durcheinander in einer bunten Mischung, aber wir verstehen uns. Ich schwimme gerne im Pool auf der Dachterrasse und dort treffe ich meistens Bernadette. Sie hat afrikanische Vorfahren und kommt aus Paris und möchte ein Jahr lang in Mexiko bleiben und arbeiten. Sie hat erst gestern einen Job im Time Share gefunden. Außerdem macht sie noch einen Salzatanzkurs und lernt portugiesisch. Bernadette hat die Nase voll von Paris. Sie findet es dort zu kalt. Sie liebt Playa del Carmen, das Wetter, die Sonne, die Menschen. Ich werde auf jeden Fall ein Jahr lang hier bleiben und Arbeitserfahrung sammeln. Vielleicht gehe ich dann zurück nach Paris, erklärt sie mir. Dort wird es Eindruck machen, dass ich ein Jahr lang in Mexiko gearbeitet habe und dann finde ich dort viel einfacher einen guten Job. Ich spreche dann außerdem Spanisch und Portugiesisch und dann kann ich in der Tourismusbranche arbeiten. Bernadette sieht klasse aus. Sie ist Afrikanerin mit Pariser Chic – und es macht Spaß mit ihr französisch zu sprechen hier in Playa. Trotz allem vermisse ich Europa.

Ich lerne hier in Playa einige Mexikanerinnen kennen. Und ich habe den Eindruck, dass für lateinamerikanische Frauen Männer da sind für Sex und für Geld. Sie haben sehr gerne Sex, aber heiraten Männer nicht aus Liebe. Diese Frauen sind wirklich sehr verschieden von den Europäerinnen. Für europäische Männer sind sie kaum zu durchschauen, weil sie solche Frauen kaum kennen. Frauen untereinander sind allerdings sehr solidarisch und vertrauen sich gegenseitig alles an. Wenn Mexikanerinnen am Tisch sitzen mit Männern und Frauen, und man etwas sagt was sie stört, dann schuppsen sie sich gegenseitig unterm Tisch an und reden mit den Augen. Mexikanerinnen gehen auch meistens gemeinsam zur Toilette und da wird dann über alle Details einer

Ehe und der Männer geredet. Da gibt es keine Geheimnisse. Viele mexikanische Frauen in Playa haben ein Ziel: einen westlichen Mann heiraten um dann finanziell versorgt zu sein. Auch Magdalena hatte dieses Ziel. Sie ist mit Rolf aus Berlin verheiratet und wohnt im gleichen Appartementkomplex wie Sophia und ich. Magdalena hat Rolf nur wegen seinem Geld geheiratet. Sie kommt aus Mexiko City aus armen Verhältnissen, aus den Slums sagt sie. Die Ehe geht schlecht, die beiden haben oft Streit. Wir sitzen gemeinsam am Tisch auf der Dachterrasse und reden. Ich versuche zu schlichten. Als Rolf weg geht und Bier-Nachschub holt sagt Magdalena „Du kannst nichts machen. Ich liebe ihn nicht, ich mag ihn nicht mal, aber ich brauche ihn, ich bleibe mit ihm zusammen bis er alle Rechnungen meiner Eltern bezahlt hat, dann verlasse ich ihn, aber bitte erzähle es ihm nicht." Ich bin platt. Das ist nicht das erste Mal, das eine Mexikanerin mir so etwas erzählt. In Playa habe ich eine Mexikanerin kennengelernt die gleich drei Beziehungen hatte. Einer bezahlte ihre Miete, der andere ihre Kleidung und mit dem dritten ging sie essen. Keiner wusste vom anderen. Als Rolf zurückkommt verlasse ich die Gruppe. Ich kann ihm nicht mehr in die Augen schauen, er tut mir so leid aber irgendwie ist er auch selber schuld.

Sophias Gespräche

Mittags beim Lunch im Health Food Store fragt mich meine 19jährige Tochter Sophia: dass was du mit Cliff machst, machst du das auch mit deinen Freundinnen. Ich weiß was du meinst, und ich weiß das ihr das macht, das ist völlig normal, aber nein. Ich mache das mit meinen Freundinnen so nicht mehr, das haben wir früher in deinem Alter gemacht, wir haben ausprobiert, aber heute. Nein ich gehe nicht mehr mit meinen Fingern in die Vagina meiner Freundinnen und wir machen auch keine Zungenküsse mehr. Inzwischen genießen wir das mit unseren Männern. Meine Tochter lacht und ich weiß Bescheid. Braucht dir nicht peinlich zu sein, dass ist völlig normal, so normal wie wenn man sich mit 16 eine Gurke in die Vagina steckt oder eine Banane. Sie protestiert: nein so etwas ekelhaftes hab ich nie gemacht. Ich antworte: Je mehr du ausprobierst an dir selbst und mit Freundinnen, um so schöner wird es später mit Männern- Aber es gibt Grenzen und die stellst du dir selbst. Du musst mit dir immer im reinen sein. Das was du willst ist wichtig.

Wir reden offen und ich merke, dass es Sophia manchmal peinlich ist, aber gleichzeitig fragt sie immer weiter und das ist schön so. Ihre Welt ist eine völlig andere als die meine. Das was ihr peinlich ist, ist für mich völlig normal und umgekehrt. Sophia erzählt mir von einer Freundin deren Chef sich unglaublich in sie verliebt hat. Eines Tages ist der Chef für einige Tage zu einer Konferenz gefahren und die Freundin sollte auf seinen männlichen Hund aufpassen. Mama, du glaubst es nicht, der Hund hat sich in meine Freundin verliebt und sie hat mit dem Hund geschlafen. Sophia: das finde ich nun richtig ekelhaft. Sex mit Tieren, das hat es immer gegeben, schon bei den alten Griechen aber ich finde das geht einfach zu weit. Hatte sie ihm den zumindest ein Kondom über gezogen. Ja, natürlich. Zuerst hat er sich gesträubt, wurde sogar aggressiv und hat sie gekratzt, aber dann fand er es richtig toll und sie auch. Die Freundin und der Hund haben jeden Tag Sex gehabt. Sie sagt, es war der beste Sex ihres Lebens. Sophia hält inne und lacht. Aber es geht weiter. Der Chef kam zurück von seiner Reise, er war immer noch verliebt und hat gemerkt das mit dem Hund und der Angestellten was nicht stimmte. Der Hund lief ihr überall hinterher. Dann hat meine Freundin ihm dummerweise erzählt, dass sie mit dem Hund Sex hatte und er hat den Hund kastrieren lassen. Jetzt ist meine Freundin unheimlich sauer auf ihren Chef und will jetzt schon gar nichts mehr von ihm wissen. Er aber hat ihr verziehen, ist immer noch verliebt und traurig. Wir bestellen noch einen Moijito und lachen. Obwohl ich Sex mit Tieren abstoßend finde, gefällt mir diese Geschichte, weil sie so unglaublich verrückt ist und auch Tragikomödie enthält. Hat Sophia sich das ausgedacht, oder ist es wirklich geschehen. Hier in Mexiko ist alles möglich und Ich erinnere mich an eine Geschichte die mir meine Freundin erzählt hat in Deutschland. Ihre Nachbarin hatte Sex mit ihrem Hund und es hat ihr gefallen. Als ich in München gewohnt habe, hatte ich eine Nachbarin.

Eine vereinsamte Ballet Tänzerin, sie hatte gleich drei kleine schwarze Pudel und jeder im Haus wusste was sie mit ihren Hunden macht. Manchmal haben wir sie abends stöhnen gehört und die Hunde haben gejault.

Schattenseite

In Mexiko gibt es einen rundum Service für diejenigen die ihn bezahlen können. Die einen lassen sich bedienen, die andern gehören zu den Dienern. Jede noch so kurze Strecke wird mit dem Taxi zurückgelegt, es kostet ja für unsere Verhältnisse nichts – einen Euro fünfzig – Im Supermarkt werden die Lebensmittel doppelt und dreifach verpackt, aber man braucht unendlich viel Zeit. Auch wenn an der Fleischtheke eine Schlange von 15 Leuten steht, sortiert der Angestellte in aller Ruhe die Auslage. Meckern hilft gar nichts, eine Handbewegung sagt aus: ich bin gleich da und gleich kann dauern. Da hilft nur eines: Ruhe bewahren. An der Kasse werden die Lebensmittel ebenfalls in aller Ruhe aufs Band gelegt und dann eingepackt. Zeit haben hier alle, viel zu tun nur wenige. Vor dem Supermarkt nimmt man ein Taxi zurück nach Hause. Die Lebensmitteltüten braucht man im Grunde gar nicht zu berühren. Vom einpacken, in den Wagen heben, aus dem Einkaufswagen ins Taxi heben – alles wird erledigt und irgendwann findet man es ganz selbstverständlich. Eine Amerikanerin steht rauchend neben dem Taxifahrer und schaut zu wie er in aller Seelenruhe ihre Einkäufe verstaut. Mein Lieblingsgeschäft ist der Health Food Store – ein Bioladen der aber hier aber preiswerter ist als der Supermarkt, weil Bio hier heißt, ungespritzt, ohne

Chemikalien und das ist preiswerter. Ein herrlich chaotischer Laden, wo sich Europäer und gesundheitsbewusste Mexikaner, meistens aus der Oberschicht, treffen und sich zwischen die schmalen Regale quetschen. Von den original italienischen Cecco Nudeln, Worcester Soße, Büffelmozzarella, bis hin zu exotischen Gewürzen aller Art gibt's hier fast alles und alles frisch und wunderschön ausgestallt. Vorne im Laden kann man für wenig Geld Biokost essen, und da ist es immer rappelvoll. Natürlich kannte Cliff diesen Laden noch nicht obwohl er schon seit einem halben Jahr hier lebt. Er ist Amerikaner und kennt die Sportsbar und die Hamburgerläden. Aber er ist begeistert und merkt sich die Adresse.

Arm und Reich das ist hier sehr nahe beieinander und die Unterschiede werden selbstverständlich hingenommen.

Der Wecker geht um sechs Uhr morgens, ich bin noch im Halbschlaf. Cliff nimmt meine Hand und führt sie zu seinen Shorts. Er hat das, was man eine Morgenlatte oder nicht umgangssprachlich eine morgendliche Erektion nennt, so wie jeden Morgen. Ich stecke meine Hand in seine Shorts und streichle ihn. Sein Penis ist so hart und fühlt sich dennoch so zart und weich an. Ruck Zuck ziehe ich ihm seine grauen Shorts aus und beuge mich zu ihm runter bis mein Mund seinen Penis berührt und küsse ihn. Ich mag es beim Küssen die Augen offen zu halten und ihn zu sehen. Meine Zunge umspielt seinen sehr gerade gewachsenen Penis. Mit einer Hand streichele ich seine Eier, seine Oberbeine und den Eingang seines Afters. Mit der anderen halte ich seinen Penis von unten fest, während mein viel zu kleiner Mund ihn umschlingt und meine Zunge mit ihm spielt. Härter, du kannst noch härter saugen, stöhnt Cliff. Ich gebe mein bestes und sauge und sauge, so feste ich kann. Fast bekomme ich keine Luft mehr. Aber mir macht es auch Spaß und ich will nicht stoppen, ich will, das er kommt. Er stöhnt und er genießt, das spüre ich. Oh Baby, thats so good. Ich mag es, wenn er beim Sex redet. Ich bin eher die stille Genießerin, konzentriere mich ganz auf meinen Job, sage nichts, stöhne auch kaum, auch nicht im heißesten Gefecht der Liebe kurz vorm Orgasmus. Ich küsse, sauge, spiele mit meiner Zunge, bewege meinen Mund sehr schnell rauf und runter, nehme dann Fahrt zurück, mache es langsamer. Ich spüre wie meine Vagina nass wird. Cliff spielt mit seinen Fingern in meiner Vagina. Your pussy is so wet – du bist so nass, das fühlt sich unheimlich gut an. Ich setze mich auf ihn und bewege mich immer heftiger im Rhythmus mit seinem Körper. Ich komme und komme und komme…..mein Körper explodiert. Sogar ich spüre wie meine Körpersäfte über seine Beine fließen. Ganz plötzlich dreht Cliff mich um und er sitzt oben. Heftig bewegt er sich vor und zurück. In dieser Position spüre ich ihn immer sehr, sehr tief in mir, fast tut es weh aber es ist auch ein sehr schönes Gefühl, eine Mischung zwischen Erregung und Schmerz. Ich komme, ich komme in dir, stöhnt er....und ich genieße es so sehr, wenn er in mir kommt.

Der Rhythmus der Musik in der Karibik passt zu der Erotik der Menschen. Reggeaton hört man in Playa überall, Tag und Nacht. Die Trommeln, die Bässe sind so laut. Da muss man die Hüften einfach kreisen lassen. Sogar wenn man im Bett liegt und die Musik der Nachbarn hört. Dabei geht es auch beim Tanzen im Endeffekt nur um eines und das ist hier offensichtlich und allen klar. Da redet keiner drum herum, jeder weiß es, und spürt es und alle machen mit. Die Spielregeln liegen offen aus, für alle ersichtlich und wer mit macht, der hält sich daran.

Playa ist die Stadt der Goldgräber und Hippies. Viele Amerikaner, gebeutelt durch die Krise versuchen sich in dieser schnell wachsenden Touristenstadt im Time Share Business, verkaufen Urlaubsanteile vor allem an Landsleute und Kanadier. Für Europäer ist diese Art des Urlaubs nichts, an uns lässt sich nichts verdienen. Und dann sind da viele Tauchlehrer, Kneipenbesitzer, Eventmanager und Hippies aus der ganzen Welt. Ein Amerikaner lässt Bast- und Seegrashüte machen und verkauft sie und sie sind fantastisch schön, eine Schwedin designt in Playa Klamotten die sie in China fertigen lässt, für eine europäische Modekette, ein Engländer organisiert Partys, ein Zahnarzt aus Mexikocity ist zum Surflehrer geworden – die Lebensläufe sind sehr unterschiedlich aber alle interessant.

Im Canibal Royal gibt es die besten Shrimps – frittiert mit einer köstlichen leicht scharfen grünen Tomatensoße mit

Pfefferschoten auf einem Salatbett in einer Schüssel an der Strandliege serviert. Dazu einen Mojito und danach ein Erdbeer Margarita, der Blick aufs unendliche türkisblaue Meer. Hier läuft den ganzen Tag über Ibiza Lounge Musik und Nachmittags Jazz und Boogie. Die Leute sind hier Hipp und schön, die meisten jedenfalls. Fast alle kennen sich, begrüßen sich mit Küsschen und lautem Hello und How are you. Hier schaue ich am liebsten Leute. Nachmittags ist es am schönsten, kurz vor Sonnenuntergang. Die Liegen stehen kreuz und quer, manche haben sich kennengelernt, alle haben getrunken, die Menschen sind entspannt, relaxt und lachen laut, haben Spaß, reden miteinander, man steht und geht und redet, trinkt noch ein Dos Equis Bier aus der Flasche in der Hand. Nachmittags gehen viele auf Bier über, die Cocktails sind auf Dauer zu süß, und zu mächtig. Eine Einladung folgt der anderen. Geht ihr heute mit Essen, wollt ihr mit uns in die

Disko oder zum Salsa tanzen. Hier bleibt fast Niemand allein, es sei denn er möchte es so haben. Ich genieße den Sonnenuntergang am Wasser, die Wellen umspielen meine Füße. Ich freue mich auf gleich. Noch bin ich so verliebt dass alle meine Gedanken nur bei Cliff sind und ich freue mich über seinen Anruf. Honey, ich bin im Appartement. Und deshalb breche ich auf...alleine und fahre mit dem Taxi zu Cliff.

Ich liege im Bett und rieche den süßlichen Duft von dunkler Schokolade. Nur dunkle Schokolade duftet so herbsüß. Cliff hat eine rote Erdbeere in eine Schale mit flüssiger Schokolade getunkt. Bewege dich nicht, bleibe einfach liegen und genieße. Ich spüre die warme Schokolade in meinem Körper, Er hat die Erdbeere in meine Vagina geführt. Sie fühlt sich warm und weich an. Seine Zunge spielt mit der Erdbeere, sie bewegt und dreht sich in meinem Körper. Er schleckt die Schokolade ab und isst dann die Erdbeere auf, seine Zunge ist in mir und leckt weiter am Rest der Schokolade. Mein Körper zuckt und ich möchte mehr. Er nimmt die nächste Erdbeere, tunkt sie in die Schale mit flüssiger Schokolade und lässt sie in meiner Vagina verschwunden. Dieses Mal noch tiefer. Er nimmt die Erdbeere raus und steckt sie mir in den Mund. Ich schmecke köstliches rotes Fruchtfleisch und ein wenig bittere Schokolade. Zärtlich umspielt er mit seiner Zunge meine schokoladige Klitoris. Ich komme und komme nochmal. Die Säfte in meiner Vagina vermischen sich mit der Schokolade und er leckt und trinkt aus meiner Vagina und ich komme nochmal. Und das war nur das Vorspiel.

Wenn wir uns nicht sehen, schicken wir uns tagsüber unzählige kurze SMS. Ich werde zur Expertin mit dem neuen mexikanischen Handy. SMS schreiben und träumen von den Abenden mit Cliff.

Unsere SMS sind wunderbar eindeutig zweideutig…..was machst du gerade. spielst du mit dir oder kannst du es noch aushalten bis ich komme. Fast alles was wir machen dreht sich nur um Sex und ich finde es gut. Glücklicherweise hat man hier in Mexiko nicht viel an. Im Taxi spielen seine Finger unter meinem kurzen Kleid mit meiner Vagina und sie wird schon unterwegs nach Hause so feucht.

Abends am Strand gehen wir in eine Strandbar. Hier spielt jeden Abend eine Band Rock- und Pop. Alte Stoneslieder, Reggea und the Doors….wenige Kerzen brennen und der Vollmond leuchtet über uns, der Sternenhimmel ist unendlich, hier ist man den Sternen so nah, sie leuchten so stark, viel mehr als bei uns, hier ist man so nahe am Equator. Auf den hellen Sitzkissen der Bänke lümmeln sich Paare, die meisten engumschlungen, so auch wir. Die wenigsten sitzen, die meisten haben sich ineinander verschlungen. Cliff streichelt meine Beine, seine Hände tasten sich vorwitzig immer weiter vor unten meinem Kleid, er schiebt es ein wenig hoch und seine zarten Finger umspielen meine Klitoris. Mein Schal dient als winzige Decke, über unseren Schoß gelegt versteckt sie nur das nötigste, aber gerade genug. Vorsichtig knöpfe ich seine Shorts auf und spüre wie er sehr hart ist. Am liebsten würde ich ihn jetzt küssen, aber hier vor allen Leuten. Das geht zu weit und ich spiele mit seinem sehr harten Penis. Er hat den schönsten Penis den ich je gesehen habe, nicht zu groß nicht zu klein und perfekt geformt, mit einer wunderschönen Eichel, rund und zartrosa, sein Penis sieht aus wie ein wohlgeformter Pilz.

Die Nächte gehören Cliff, die Tage gehören mir. Cliff arbeitet viel und ich genieße das Leben in Mexiko. Das Apartment liegt mitten in einem Volksviertel weit ab vom Zentrum von Playa wo sich die Touristen aufhalten. Morgens hole ich Eier und Milch in einem winzigen Laden. Der Ladenbesitzer hat alles, aber von allem nur ein bisschen. Es reicht für die täglichen Einkäufe. Die Geräusche der Nachbarn begleiten mich den ganzen Tag über, denn hier ist alles offen. Die Apartments haben keine Fenster, nur Luken. Nur im Schlafzimmer gibt es eine große Terrassentür mit Glas. Das Paar nebenan hat Streit, schreit sich an, sie weint und fleht ihn an: aber ich liebe dich doch, ich kann nicht anders. Er schreit zurück, es geht lauf her in Spanisch. Puta Madre….ja, dieses Schimpfwort habe ich schon Mal gehört. Mexikaner zeigen ihre Emotionen. Die anderen Nachbarn haben lautstark Sex – er stöhnt und sie schreit laut auf. Aus der Wohnung über meiner kommt Regeaton, derjenige der dort wohnt, liebt den

Rhythmus der Karibik, den ganzen Tag lang und alle dürfen mit genießen. Auf der gegenüberliegenden Straßenseite hat sich ein Zirkus niedergelassen. Abends leuchtet das Zelt bunt auf, die Lampen gehen an und aus. Sophia war schon da und hat festgestellt, dass die Käfige nicht gut abgeschlossen sind. Ob die Tiere nicht wissen wie leicht sie raus können. Oder ob sie lieber im Zirkus bleiben, als auf der Straße von der Polizei erschossen zu werden. Polizei ist hier in Playa wirklich überall. Kleine Mexikaner mit riesigen Maschinengewehren bewachen den Badeort. Die meisten können ihre riesigen Gewehre kaum tragen. Nach Sonnenuntergang sind die Polizisten wirklich überall und Straßensperren mit Polizei und Fackeln gibt's an jeder Straßenecke. Sogar in den Dünen verstecken sie sich, die Polizisten. Hier in Playa wird nichts gestohlen, und die Menschen sollen sich sicher fühlen, das ist vor allem für die vielen amerikanischen

Touristen wichtig. Vor allem sie haben Angst ausgeraubt oder überfallen zu werden.

Amerikaner, auch wenn sie hier arbeiten, bleiben am liebsten unter sich. Mit den Mexikanern haben sie nur Kontakt, wenn sie sie brauchen. Abends treffe ich Cliff, seine Arbeitskollegen und ihre Frauen in einer Sportbar – alles wie Zuhause- Amerikanisches Fernsehen, Football, Bier und große Hamburger mit Fritten. Mexikanisches Essen gibt es hier nicht. Und so gibt es in Playa zwei Parallelwelten. Die der Amerikaner in ihren Hotels und Bars, und die der Mexikaner und der europäischen Touristen in den kleinen Kneipen und Restaurants wo man Tacos, Ceviche und Qusiladas essen kann.

Das Apartment ist offen- Nur im Schlafzimmer gibt es ein großes Fenster zur Terrasse hin, vorne raus und im Bad gibt es keine Fenster nur Luken die offen sind und durch die der Wind bläst wenn es wie heute einen tropischen Regen gibt. Die Geräusche der Nachbarn sind immer hörbar. Ein heftiger Streit in Spanisch, das Stöhnen des Nachbarn beim Sex. Hier gibt es keine Geheimnisse. Hier kriegen die Nachbarn alles mit und es stört keinem.

Doch auch der schönste und heftigste Sex wird nach einigen Wochen zur Gewohnheit. Und deshalb lässt sich Cliff immer wieder neue Spiele einfallen. Aber kann das so weitergehen. Ich bin um die halbe Welt gereist um Cliff zu sehen und mit ihm das schönste auszuleben was es auf dieser Welt gibt…..

Es gibt Tabus, die wollte ich nicht brechen. Welche Tabus fragte Cliff. Nun ja, Sex von hinten zum Beispiel, Analsex, das geht bei mir gar nicht. Bist du dir sicher. Hast du es schon versucht. Ja, aber es geht nicht, es tut weh und ich finde es ekelhaft. Wenn du das nicht magst dann hat es noch keiner richtig gemacht, das kann man nicht einfach so machen, da muss man bestimmte Dinge berücksichtigen. Er bricht alle Tabus.

Am Tag vor meiner Abreise fragt mich Cliff ob wir alles gemacht haben was ich machen möchte. Gibt es noch etwas was du vielleicht ausprobieren möchtest. ich weiß genau was er meint. Nach der gemeinsamen Zeit habe ich genug Vertrauen, aber auch Angst. Gut, vielleicht nochmal von hinten, vielleicht können wir es machen, aber bitte sei vorsichtig, sage ich. Ich möchte mit Cliff alles ausprobieren und ich werde alles ausprobieren. Zum zweiten Mal in meinem Leben breche ich ein persönliches Tabu.

Seine kräftigen Hände spielen mit meinem Körper. Seine zarten Finger sind tief in mir. Sie bewegen sich leicht im Kreis. Kitzeln vorsichtig meine Klitoris, zuerst ganz sanft, dann immer härter, bis meine Klitoris wächst und wächst und hart wird wie eine Knospe die sich öffnen möchte. Seine Finger dringen sehr tief in meinen Körper ein, ertasten meine Vagina und die weiche Haut in meinem Körper, wie selbstverständlich finden sie meinen G Punkt. Cliff Morgan ist ein Experte. Er streichelt wunderbar sanft und zart, aber nach wenigen Sekunden werden seine Finger fordernder, kneten kräftig, bewegen sich schneller und schneller, ich werde Feucht und spüre wie meine Körpersäfte über seine Finger laufen. Mein ganzer Körper ist fühlen, genießen, hingeben und sich im Rhythmus seiner Hände bewegen. Das Gefühl ist unendlich…ein Orgasmus nach dem anderen – bisher wusste ich nicht wie viele Orgasmen ich hintereinander haben konnte, aber es sind viele, viele, vielmehr als ich dachte. Kreisförmig bewegen sich seine Finger sehr, sehr tief in meiner Vagina. Die andere Hand streichelt meine

Brustwarzen. Sein Mund küsst meiner und dabei drückt er mich ganz fest an sich und ich spüre dass er genauso genießt wie ich. Sein Penis ist so hart.

Sunset am Strand von Playa. Loungemusik und die Life Band von Zenzie. Jeden Abend ab 17.00 Uhr. Man trifft sich am Strand. Die Menschen stehen rum, die letzten Minuten des Tages kurz bevor die Sonne untergeht. Es sind nur wenige Minuten, denn die Sonne geht hier schnell unter. aber alle sind da..alle alle und trinken ein Aperitif und schauen sich den Sonnenuntergang an. Sunset in Playa, am Golf von Mexiko, magische Minuten im Paradies. Der Sonnenuntergang ist ähnlich wie auf Ibiza der Höhepunkt des Tages, alle die hier sind, sind glücklich und trinken ihren Aperitif. Kein Wein, hier sind es Cocktails, Karibik halt.

Die spanische Großfamilie am Strand mit Mengen an Essenssachen, die amerikanischen Touristen.

Canibal royal. High Society und möchte gern dazugehören unter sich...der schönste Strandklub in Playa. Jüdische Großfamilien am ersten Weihnachtstag, koscheres Essen, Köstlichkeiten aus dem Meer, Shrimps und Hummer delikat zubereitet. Alle Liegen sind reserviert.

Mexikanische Pünktlichkeit. Manana por Manana. Der Elektriker soll kommen. Er kommt mehrere Stunden später als geplant- Egal was man macht, keiner ist einem böse wenn es nicht klappt. Später Manana, egal egal, la vida loca.

Am Strand

Irgendwann läuft ein Sixpack braungebrannt vorbei. Wunderschöne lange lockige Haare. Negro heißt er, und er ist Zahnarzt. Der surfende Zahnarzt aus einer High Society Familie in Mexiko City. Er hat Gold verdient mit Veneers und hat sich dann mit Ende Dreißig zur Ruhe gesetzt. Jetzt lebt er von seinem Ersparten, surft in Playa und kennt die heißesten Frauen. Er lebt la vida loca. Negro hat in den Niederlanden gelebt, war völlig frustriert, weil alle dachten er sei ein Drogendealer so wie er aussieht …sixpack, braun, Tattoos, der Sohn aus sehr gutem Hause, Zahnarzt konnte es nicht fassen wie vorurteilsvoll Europa war..hier in Playa ist er der Star.

Jeder macht das was er machen möchte und genießt es, so wie man will..la vida loca.

Am Strand ist die Liege neben mir frei. Eine Frau fragt mit tiefer Männerstimme: ist hier frei. ja, ich gönne sie ihr, sie soll die Liege nehmen. Die Strandliege bei Canibal Royal ist wie die Loge im Theater. Ist sie ein Mann oder eine Frau. sie sieht aus wie eine Frau, wunderschön, perfekt geschminkt. Ihr Körperbau ist aber männlich. Einen Ladyboy nennt man ihn hier, ein umgebauter Mann mit wunderschönen weiblichen Lippen. Er spricht mich an und erzählt mir von seinen wilden Sexeskapaden in Playa. Denkt den hier jeder nur immer und jederzeit an Sex ? Offensichtlich, und auch ich finde es gut so.

Party im la Reina Rocha. Rotlichthaus mitten in Playa, aber kein Rotlichtbezirk sondern ein rotes Haus mit allen Annehmlichkeiten und Partyräumen mit allem was man haben möchte.

Und ich bin angekommen, endlich und Cliff freut sich unendlich…

Und dann hat Cliff sich erkältet. Ist krank. Er muss ausschlafen und ich gehe an den Strand, genieße den Golf von Mexiko.

Er ist halt trotz allem auch nur ein Mann und die werden krank, wenn sie endlich entspannen können. Das kenne ich und es ist wohl weltweit bei keinem Mann anders, auch nicht bei Amerikanern.

Türkisblaues Wasser, Sonne, schneeweißer Strand, Pina Coladas und die Sonne. Und Cliff ? er schläft weil er krank ist. Wer hat sich dieses Drama ausgedacht. Ich liege im Stuhl und träume von Cliff in mir. Heute Morgen um 6.30 aufgestanden. Er muss zur Arbeit, doch vorher heißer Sex von vorne und von hinten, von oben und von unten. Küssen, Finger, streicheln und er in mir, und dann, Statt zur Arbeit ist er dann aber krank und ich bin alleine am Strand. Aber ich genieße den herrlichen kühlen Wind um meine Schultern, die vielen Menschen die hier spazieren gehen, die Sonne leicht von Wolken bedeckt und das Meer so blau, man könnte es nicht schöner malen.

La Vida Loca

Elsie hat mir in den ersten Tagen meines Aufenthaltes hier gutgebaute Latinos vorgestellt. Ein Sixpack nach dem anderen kam vorbei, alle unter dreißig. Ich hatte ihr meine Lebensgeschichte erzählt, und Elsie war der Meinung dass man nach solchen Schicksalsschlägen durchaus etwas sehr schöne Abwechslung brauche und Kubaner seien die besten Liebhaber, davon war Elsie überzeugt. Also sollte ich einen Kubaner fürs Bett kennenlernen. Drei Tage lang schleppte sie einen gutgebauten Kubaner nach dem anderen an, und alle wollten nur das eine: Sex. Manche gingen sogar so weit, dass sie schon auf der Tanzfläche ihr Werkzeug auspackten, damit ich auch ja Bescheid wisse, was mich erwarten würde und ich muss sagen, das sah manchmal beträchtlich aus. Tanzen ist hier ein Vorspiel. Die Nacht mit einem solchen Kubaner zu verbringen, dazu hatte ich dann aber doch keine Lust vor allem nicht weil ich wusste das es eigentlich nur um eines ging. – einfach nur Sex, schnell eine Nummer schieben und sich dann trennen, so wie Tiere. für Elsie die normalste

Sache der Welt. Sex ist das wichtigste, du musst Lust empfinden und er muss dich glücklich machen. Elsie hat vier, fünf Männer gleichzeitig in ihrem Leben, aber keiner weiß vom anderen, alle denken sie sind die einzigen, manche sind verheiratet, alle zahlen ihre Rechnungen, und sind glücklich darüber, dass sie tun das dürfen und Elsie ? Elsie hat Spaß, keine Nacht ohne guten Sex, keine unbezahlten Rechnungen und Abwechslung pur. Obwohl ich das irgendwie auch unanständig finde – immerhin bin ich sehr katholisch erzogen – bewundere ich Elsie dafür. Elsie ist klein und pummelig, zieht viel zu kurze Tigerprintkleider an, mit denen sie in Deutschland sofort als Nutte eingestuft würde, aber hier in Mexiko sieht das ziemlich sexy aus, dass muss ich zugeben. Elsie ist 32 und genießt das Leben in vollen Zügen, sie hat eine kleine Massage und Kosmetikpraxis, aber zum arbeiten kommt Elsie selten. Ihr Leben besteht daraus, ihr Leben zu verwalten. Ihre Abende, ihre Männer, ihre Sexpartner. Mit Elsie bin ich einige Nächte durch die Diskos und Salsabars in Playa gezogen – Erotik pur. Zuerst essen wir Tacos. Dabei werde ich den Kubanern vorgestellt. Elsie, ihre Freundin und ich, und zwei Kubaner. wir ziehen los in eine open Air Disko. Elsies Freundin Carmen trinkt einen Tequila nach dem anderen, immerhin haben wir Eintritt bezahlt, zehn Euro umgerechnet, und alle Tequila Getränke sind im Eintritt mit drin. Carmen trinkt und trinkt: vor allem Tequila mit Limo, es ist ein eigenartiges, ekelhaft süßes Getränk. Carmen trinkt und tanzt, Elsie auch. Ich trinke einen Tequila und merke: oh my gosh. Irgendwann sagt Carmen zu mir: pass bitte auf meine Tasche auf, ich muss kurz kotzen, zu viel Tequila. Sie geht zum Klo, kommt nach wenigen Minuten wieder: das tat gut, alles ausgekotzt, jetzt kann ich weitertrinken. Und sie bestellt sich gleich den nächsten Tequila. Je später es wird, je heißer wird getanzt. Das ist ein balzen, es wundert mich nur, dass sie hier nicht auf der Tanzfläche Sex haben. Zwei drei Männer mit einer Frau, drei Frauen mit einem Mann, da werden die Hüften gekreist, die Beine ineinander verschlungen, Zungen tief im Mund…auch Elsies kubanischer Freund fängt an mich zu küssen, seine Hände auf meinem Po. Ich schaue Elsie an: Nein ist in Ordnung so, sagen ihre Augen und gleichzeitig flirten ihre schwarzen mexikanischen Augen mit einem gutgebauten Latino, der mit einer Blondine tanzt. Der wendet sich Elsie zu, und tanzt mit ihr weiter. Die Blondine tanzt indessen mit einem jungen Franzosen weiter. Jeder mit jedem…….tanzen, die Beats reißen nicht ab….Hüften die kreisen, Beine verschlungen, Zungen im Mund….Erotik, Sex in der Luft, hier wissen alle, dass es nur um das eine geht, wer geht mit wem nach Hause, keiner geht alleine, das steht fest. Dafür geht man hier Abends weg.

Das ist allen klar, und keiner macht ein Hehl daraus. Ich aber gehöre hier vielleicht doch nicht so ganz hin, in diese Latino Szene. Ich fühle mich irgendie nicht wohl. Habe auch angst. Was wollen diese jungen Latinos von mir ? Ich sehe zwar gut aus, bin aber immerhin fast 20 Jahre älter als die meisten der jungen dreißiger. Ich habe kein Lust auf einen solchen One Night stand, mit einem Kind, zu anstrengend, vielleicht schön für eine Nacht, aber irgendwie reizlos.

Stattdessen stehe ich jetzt hier am Strand mit einem 50jährigen pummeligen Amerikaner, der mir völlig den Kopf verdreht und es gefällt mir, ich genieße, in vollen Zügen. Warum erlebe ich das erst jetzt, in meinem Alter. Ich dachte immer, es gibt keine Steigerung mehr, aber es gibt eine immer wieder eine neue. Wenn man glaubt, man hat den dicken Sahneklecks gehabt, dann gibt es immer noch was besseres, Sahne mit Eierlikör zum Beispiel. Das hier ist Sahne,

Champagner, Hummer und alles zusammen……….wow.

Ich brauche ein Telefon. Dringend, denn sonst kann Cliff mich nicht erreichen, denn er muss arbeiten, ich nicht. Ich erhole mich am Strand. In Mexiko funktionieren nur mexikanische Handys. Meins aus Deutschland tut es nicht, alle Handys werden registriert. Damit will der mexikanische Präsident den Drogenhändlern das Leben ein bisschen schwerer machen. Also muss ich mit Cliffs mexikanischer Aufenthaltserlaubnis ein mexikanisches Prepaidhandy kaufen. Im Supermarkt kaufen wir das neue Handy, und versuchen es zu registrieren, die nette Supermarktangestellte telefoniert und telefoniert mit der Zentrale, aber es klappt einfach nicht. Irgendwann, nach über einer Stunde stellt sich raus, das Handy mit dieser Telefonnummer ist bereits auf einer anderen Nummer registriert. Also bekomme ich vor Ort ein neues, anderes Handy. Cliff erklärt, das gibt es dauernd, immer wieder sind die Nummern doppelt registriert. Das ganze System scheint irgendwie doch nicht zu funktionieren, aber ich habe jetzt ein mexikanisches Handy und ein mexikanisches Appartement, ich fühle mich schon fast wie Zuhause. Ich lade mein neues Handy auf. 400 Pesos, knapp 30 Euro, aber schon am nächsten Tag ist es leer. Die Telefonmaffia sammelt alles ein.

Alltag

Im Appartement ist das Licht kaputt. Der Elektriker wird kommen in zwanzig Minuten, so erklärt er am Telefon. Drei Stunden später ist er immer noch nicht da, und wir beschließen Essen zu gehen. Wir haben Hunger. Kein Wunder nach den langen Tagen. Am nächsten Morgen kommt endlich der Elektriker. Laut Cliff hat er keine Ahnung. Der Elektriker probiert und probiert alles mögliche aus und irgendwann hat der das Problem gelöst und wir haben wieder Licht.

In Mexiko gehen die Uhren anders. Alles ist einfach, und kompliziert. Die Menschen lachen, sie sind freundlich, aber nie pünktlich…..

Überall wird nur mit Wasser gekocht. Auch der erfahrenste Lehrer wird irgendwann müde und auch dem erfahrensten Lehrer gehen irgendwann die Ideen aus. Das Feuer der Leidenschaft ist das Abenteuer, die Erwartung, die Sehnsucht, die man nicht erfüllen kann, der Wunsch dem anderen ganz nahe zu sein, und es nicht sein zu können. Die Entfernung, sie kann klein sein, aber nicht die Möglichkeit zu haben, beisammen zu sein. Im Alltag werden Leidenschaft und Sehnsucht schnell zur Gewohnheit, und dann müssen andere Gefühle eintreten, tun sie es nicht, so ist der Wunsch dem anderen nahe zu sein schnell vorbei, und kann das beisammen sein schnell zur Last werden. Dann werden kleinste Kleinigkeiten Grund zum Ärger. Und manchmal geht das schnell, schneller als man denkt.

Am Freitag den 13. Januar 2012, dem Jahr in dem der Maja Kalender zu Ende geht, fahre ich nach Tulum, zu den Maya Ruinen. Doch ich verlaufe mich und gehe kilometerweit durch die Landschaft, habe keine Ahnung wo ich bin und auch nicht wie weit es zum Strand ist. Ich laufe und laufe und lande in einer heruntergekommen Hotelanlage. Doch dann, der Blick auf den Strand und aufs Meer entschuldigt alles. So muss es im Paradies aussehen. Türkisfarbenes Wasser, blauer Himmel und schneeweißer Sand, so weich wie samt. Am Strand Palmen und palmbedeckte Hütten, die aussehen als kämen sie so aus einer Filmkulisse. Ein Robinson Cruso Strand, wie ihn ein Filmregisseur ihn sich nicht besser hätte ausdenken können. In einer Hütte serviert en Mexikaner Essen und nicht richtig gekühltes Bier, aber wen stört das wenn man im Paradies ist. Die Magie von Tulum geht durch und unter die Haut. Sie ist da, das ist eindeutig. Eine Ruhe und eine unheimliche Kraft, die wohl jeden in seinen Bann zieht, geht von Tulum aus. Urlauber aus der ganzen Welt kommen hierher. Manche bleiben Tage oder gar Wochen am einsamen Strand von Tulum, mieten sich ein in die Hütten. Das gesamte Hinterland ist Urwald, Regenwald, eine unendliche Vegetation, durch die man nur mit der Machete durchkommt, wenn überhaupt. Ich gehe kilometerweit durch den Wald, denke immer es sind nur noch wenige Meter und dann ist es aber doch noch ein ganzes Stück, ein Taxi zu nehmen, dafür bin ich dann zu Stolz. Wenige Meter schaffe ich noch, aber dann sind es immer noch Kilometer um Kilometer, doch da ist das Meer. Ich tauche hinein, schwimme weit raus, da sind Seeigel und Krabben. Sie verstecken sich zwischen den Felsspalten. Das Meer kühlt, und es ist wunderschön.

Auf dem Rückweg im Sammeltaxi. Platz für 15 Menschen, aber es gehen 24 rein. Manche müssen stehen, aber das stört keinen, Ich schlafe ein, wie immer wenn ich im Auto sitze. Nach fünf Minuten fallen mir die Augen zu, und ich schlafe, und wenn es tausend Kilometer sind, ich werde erst wach, wenn das Auto am Ziel ist. Und dabei brauche ich nicht Mal, wie Zuhause im Bett ein Tuch über den Kopf. Ich schlafe einfach sofort ein, und stundenlang besser als im Bett.

Aus Playa, dem kleinen Fischerort mit fünfhundert Einwohnern ist ein Riesen Touristenort geworden, streng bewacht von Polizisten mit Maschinengewehren und privaten Bewachungsfirmen. Hier sollen sich alle wohlfühlen und jeder soll das Gefühl haben, dass er hier sicher ist.

Man kann hier alles liegenlassen. Gestohlen wird am Strand kaum etwas.

Die Sehnsucht war so groß, ich bin um die halbe Welt geflogen. Es ist gut die Sehnsüchte auszuleben, denn sonst werden sie zu unerfüllten Träumen und so hat man die Chance eine Sehnsucht zu erleben, und sie zu entlarven, oder auch diese Sehnsucht zu einem wahren Traum werden zu lassen. Das lernt man im Laufe eines Lebens, wie wichtig das ist, Sehnsüchte nicht zu unerfüllten Träumen werden zu lassen, die irgendwann dazu führen das man in der Vergangenheit lebt. Alles was man gelebt hat, ist erlebt und ist Teil der Erfahrung. Alles was man sich nicht erlaubt hat auszuleben, ist Teil eines unerfüllten Wunsches, und kann dadurch zu einer Belastung werden, weil man sich zurückgenommen hat. Meine Seele wollte hier sein, will immer noch hier sein und ist glücklich aber der Zauber ist nicht mehr da oder doch. Ganz ist noch nicht ausgelebt was die Seele will, es gibt ja auch noch einige Tage.

 Dann fängt Cliff an meinen After zu kitzeln, steckt seine Finger rein. Nein, das mag ich gar nicht, aber irgendwie, bei ihm fühlt sich das gut an. Er weiß, was er macht, wie weit er gehen kann, wie er kreisen muss.

Einkaufen

Die Lebensmittel sind hier so vielseitig und so frisch. Gemüse, Obst, Fisch und Fleisch. Ich möchte selbst für uns kochen, nicht immer nur Essen gehen. Auf Dauer kann ich keine Tacos, Nachos, Burritos, Quesiladas und sonstiges mexikanisches Essen mehr sehen. Irgendwie schmeckt dann doch alles ähnlich, und fast alles wird mit unheimlich viel scharfer Soße übergossen. Ich kaufe ein, und möchte in der winzigen Küche etwas leckeres machen für Sophia, Cliff und mich. Aber ich habe kaum Küchenwerkzeug. Habe nur in eine gute Pfanne, und in ein gutes Messer investiert. Aber damit kommt ein routinierter Koch schon ziemlich weit. Ich mache mein Hühnchen in Kokossoße. Das geht schnell und schmeckt gut. Als ich die Kokossoße – Coconutcream zum gebratenen Hühnchen in die Pfanne schütte, merke ich, das diese Coconutcream zuckersüß schmeckt. Also wird es jetzt ein süßes Hühnchen. Schmeckt ungewöhnlich, aber irgendwie auch nicht so schlecht. Wir haben viel Spaß beim gemeinsamen Essen. Sofia und Cliff unterhalten sich über Wohnungssuche und Erlebnisse in Mexiko. Wir reden und reden und dabei trinke ich Wein. Cliff albert rum: ihr beiden könnt so viel reden, da hat ein Mann keine Chance was zu sagen. OK, sage ich, ich kann aber auch Schweigen. Na das möchte ich sehen, das hälst du keine zehn Minuten aus. Da kennt er mich aber nicht, wenn es sein muss, dann kann ich den Mund halten, auch lange. Ich gehe ins Bad und nehme mir vor keinen Ton mehr zu sagen. Fast eine Stunde versucht Cliff mich zu provozieren. Ich finde es ist hier viel zu heiß, ich dreh die Klimaanlage Mal auf 19 Grad runter, Sweetie. Er weiß schon, das ich immer schnell friere und er mich damit packen kann. Ich aber schweige und zucke die Schultern. Nach einer Stunde bittet er mich darum wieder zu reden. Drei Mal sagt er, Please…, drei Mal das reicht. OK, also ich rede wieder. Unsere Beziehung ist inzwischen vertraut geworden.

Miami

Sophia ist glücklich. Wir haben ihren Flug nach Miami gebucht. Morgens früh bringe ich sie zum Bus. Sie hat aber leider nicht vorgebucht und der Bus ist voll. Da die Zeit drängt müssen wir ein Taxi nehmen von Playa zum Flughafen von Cancun. Ich freue mich für sie, denn sie wollte unbedingt nach Miami zu ihren Freunden und außerdem will sie ihre Sachen abholen, die sie bei ihrem letzten Besuch dort gelassen hatte, wegen Übergepäck. Den ganzen Tag über habe ich ein eigenartiges Gefühl. Ich spüre dass etwas nicht in Ordnung ist. Abends bin ich bei Cliff in seinem Apartment. Mein Telefon klingelt und eine Männerstimme ist dran. Die Verbindung ist aber sofort unterbrochen. Cliff witzelt: na, wen hast du denn noch kennengelernt hier in Playa. Ich antworte: na ja, das könnte tatsächlich einer meiner Verehrer sein. Wenige Sekunden später klingelt das Handy von Cliff, er sagt kurz etwas und gibt es mir. Ich habe die Situation nicht sofort verstanden. Es meldet sich ein Officer „Homeland Security" und fragt. Sind sie die Mutter von Sophia. Ja, das stimmt. Was ist los. Er sagt: sie kann nicht in die USA einreisen, sie hat nicht die richtigen Papiere. Was heißt das, sie ist registriert, sie hat Geld dabei, sie will Freunde besuchen. Er stellt einige sehr unverschämte Fragen. Sollen wir sie zurück nach Cancun schicken. Ich sage, nein, das ist keine gute Idee, sie möchte in Miami bleiben und Freunde besuchen, es würde alle ihre Pläne durcheinander schmeißen. Er dreht meine Antwort um und sagt: also sie ist nicht willkommen in Cancun. Nein, das habe ich gar nicht gesagt, sie verstehen mich falsch, ich meine nur, sie will in Miami sein, nicht in Cancun. Das heißt sie kann nicht kommen. Nein, nein, das sage ich doch gar nicht. Plötzlich legt der Officer auf. Ich bin verzweifelt. Rede mit Cliff. Was soll ich machen, wie kann ich diesen Officer erreichen. Wo ist Sophia, wie geht es ihr. Cliff ist sauer: das kann doch wohl nicht sein. Sie ist um 12.00 Uhr mittags geflogen, jetzt ist es zehn Uhr abends und jetzt erst ruft man uns an, um uns zu sagen, das sie nicht einreisen darf. Dann klingelt das Handy von Cliff. Der Officer ist wieder dran. Warum reist sie so viel, was ist ihr Job. Nun ja, sagt Cliff, sie kommt aus Europa, sie reist gerne, besucht Freunde. Aber was macht sie. Sie arbeitet Mal als Visagistin, mal als Model, mal hier mal da, sie ist jung. Der Officer legt wieder auf. Wir bleiben hilflos zurück. Später ruft Sophia wieder an. Ich darf ein kurzes Telefonat führen, ich bin morgen um 12.00 Uhr in Cancun. Am nächsten Morgen holen Cliff und ich sie ab. Sophia ist völlig verzweifelt und steht unter Shock, heult und heult und heult. Man hat mich ins Gefängnis gesteckt, zusammen mit einer Frau aus Jamaika, die hatte Drogen geschmuggelt. Die hat mir meine Socken gestohlen, wollte mich verprügeln, es hat gestunken nach Pippi überall, es waren Kakerlaken und andere Tiere da, ich hatte keine Decke, es war Eiskalt. Es war die Hölle. Sie heult. Ich nehme sie in den Arm. Alles wird gut. Mache dir keine Sorgen. Später erzählt sie uns, dass man sie verdächtigt habe, dass sie illegal in den USA arbeiten würde. Am nächsten

Morgen hat man sie aus dem Gefängnis geholt und sich entschuldigt. Sie musste unterschreiben, dass sie die USA nicht anklagt. Völlig unter Shock, nur mit dem Wunsch wegzukommen hat sie das gemacht. Wir fahren mit Sophia ins Appartement. „Erst mal schläfst du aus, danach sieht alles ganz anders aus. Wir stellen Sophia unter die Dusche. Sie duscht eine halbe Stunde, verbraucht fast eine ganze Flasche Duschöl. Danach legt sie sich ins Bett. Sophia ist völlig fertig. Cliff sagt: Damn, ich mag diese Burschen von Homeland Security nicht. „Die machen was sie wollen. Völlig willkürlich können sie einen einreisen lassen, oder auch nicht und man hat keine Chance dagegen vorzugehen. Sophia schläft erst mal aus. Am Nachmittag machen wir Spaghetti für alle. Wir müssen zu Kräften kommen, alle, auch psychisch. Sophia ist aufgewacht und hat inzwischen neue Pläne. Sie wird nach Kanada fliegen, zu ihrer Freundin und dort einige Zeit bleiben, denn sie möchte nicht zurück nach Deutschland. In Kanada wird sie ihrer Freundin dann bei Projekten helfen.

Amerikaner

Cliff spricht keine Fremdsprache. Er lebt seit über einem halben Jahr in Mexiko und spricht kein Wort Spanisch. Die Sprache zu lernen hält er für völlig überflüssig. Wenn er bei der Elektrizitätszentrale die Rechnung bezahlen muss, dann sucht er vorher im Übersetzungsprogramm in seinem Blackberry die Übersetzung raus, und hält diese dem Mitarbeiter direkt unter die Nase. Ich muss trotz allem lachen. Es sieht so komisch aus, wie er sein Blackberry hinhält, mit völlig ernstem Gesicht und erwartet, dass alle das verstehen.

In der Morgendämmerung kuschelt Cliff sich von hinten ganz nah an mich heran. Er streichelt meinen Arm und küsst meine blonden Locken. Er streichelt meinen Rücken und meinen Po. Er drückt sich ganz nah an mich heran und ich fühle seinen harten Penis. Dieser Mann kann mich jederzeit wecken. Immer habe ich Lust auf Sex mit ihm. Er streichelt meine Beine, ganz, ganz zart. Dann dreht er sich auf den Rücken und ich küsse seinen Penis. Zärtlich fahre ich mit meiner Zunge vom Ansatz seines Penis hinauf bis zu der Spitze, dann wieder runter und rauf immer schneller. Ich habe mich auf dem Bauch aufs Bett gelegt mit dem Gesicht zwischen seinen Beinen. Ich spiele mit meiner Zunge, lasse sie kreisen, nehme seinen Penis in meinen Mund ganz zart, dann sauge ich ganz feste daran, dann wieder ganz zart, dann lasse ich wieder meine Zunge kreisen vom Ansatz bis zur Spitze. Ich nehme seine Balls in meinen Mund und sauge daran. Cliff stöhnt : oh baby, your driving me so crazy, this feels so awfully good, this feels sooo good…..what are you doing to me. Ich spiele mit seinem Penis, mein Mund kitzelt und saugt. Plötzlich zieht er mich auf sich. Ich sitze auf ihn und reite. Dann dreht er mich ganz plötzlich um und legt mich auf den Rücken. Warte eine Sekunde. Ich liege und warte und weiß nicht was er im Bad macht. Er kommt zurück und legt sich mit dem Kopf zwischen meine Beine. Er nimmt meine Klitoris in seinen Mund und saugt daran. Es fühlt sich kalt an und prickelt. Was macht er da, was hat er im Mund. Ich frage ihn. Later, baby, later….Ich liege still und genieße, ohhh, what are you doing. Er nimmt meine Klitoris ganz in seinen Mund. Dann spielt er mit seiner Zunge in meiner Vagina, er kitzelt sie von innen. Seine Zunge ist ganz, ganz tief in mir, ich fühle wie es kalt ist und ein wenig brennt, ein schönes Gefühl. Was hat er da im Mund ? Irgendwelche Drogen ? welche

Geheimnisse hat dieser Mann. was kommt noch. Wo ist die Steigerung, wo ist das Ende. Cliff nimmt wieder meine Klitoris in seinen Mund. So groß war deine Klitoris noch nie, seit ich dich kenne Baby, oh das ist so fantastisch. Ich liebe es, wow, I love it…your feeling so good, so unbelievably good……Ich komme und komme und komme. Ich bin so unglaublich nass, Youre so wet…..Dann dreht er mich auf den Bauch und nimmt mich von hinten. Ich fühle dich so tief in mir, ich mag das so sehr. Er bewegt sich heftig und immer heftiger und kommt, und ich komme mit ihm und komme und komme mehrmals. Völlig nass vom schwitzen und vom Sperma und meiner Flüssigkeit bleiben wir liegen. Ich hatte einen Orgasmus und bin immer noch so hart, ich habe immer noch Lust, sagt Cliff und macht weiter. Was ist das für ein Mann, der stundenlang Sex haben kann, ohne müde zu werden, und dem es immer Spaß macht. Ich frage Cliff. Was hast du gemacht . Was hat sich so heiß, und dann so kalt angefühlt ? Zahnpasta mein Schatz, ganz einfach Zahnpasta. Ein wenig in meinem Mund und ein wenig auf die Spitze von meinem Penis. Zahnpasta ? das ist das ganze Geheimnis. Yes Darling. Aber du kannst nicht jede Zahnpasta nehmen. Sie darf nicht zu scharf sein, und es darf kein Backing Soda drin sein, und auch keine Schmirgelpartikel. Ein Mann der mich mit Zahnpasta im Mund völlig Wahnsinnig macht. Cliff ist einfach unglaublich.

Von Tag zu Tag verstehen wir uns besser in jeder Hinsicht. Manchmal gibt es kleine Diskussionen. Wir ärgern uns gegenseitig, machen Witze und haben einen ähnlichen Humor. Wie soll es weitergehen. Ich möchte nicht ohne Cliff zurückfliegen nach Europa. Cliff möchte nicht alleine zurückfliegen. Willst du nicht mitkommen. Cliffs berufliche Situation hat sich in den vergangenen Wochen verändert. Er hat jetzt die Chance seine Geschäfte einige

Zeit auf Eis zu legen und sich eine Auszeit zu nehmen. Wir überlegen wie es sein würde wenn er mitgeht nach Europa. Eine Überlegung aber vielleicht eine Perspektive. Wir wollen nicht mehr ohne einander sein.

Mitten in der Nacht fängt Cliff an mich zu streicheln. Zuerst am Rücken. Er fährt mit seiner Hand unter mein T Shirt. Cliff schläft fast immer nackt. Nur manchmal trägt er seine schwarzen Schlafshorts. Ich habe immer etwas an, sonst kann ich nicht schlafen. Langsam zieht er mein Höschen aus, und lässt seine Finger über meine Vagina kreisen, zärtlich spielt er mit meiner Klitoris und dringt dann mit seinen Fingern in meine Vagina ein. Ich spüre wie meine Klitoris größer wird und genieße. Cliff zieht seine Shorts aus und legt sich mit seinem Gesicht zwischen meine Beine. Er isst meine Klitoris, saugt daran, nimmt sie ganz in seinen Mund und saugt und saugt. Ich habe einen Orgasmus und noch einen und noch einen.

Wir haben Sex jeden Tag mindestens zwei- manchmal dreimal. Mittags sind wir bei Cliff in seinem Appartement. Er hat drahtloses Internet. Wir müssen für unsere Abreise einiges organisieren. Ich streichle seinen Rücken. Cliff dreht sich um. Ich ziehe seine Shorts aus und küsse seinen Penis. Er ist sehr hart. Ich küsse, sauge, streichle ihn mit meiner Zunge. Dann stehe ich auf, stelle mich vors Bett und Cliff nimmt mich von hinten. Schnell und hart. Beide haben wir einen Orgasmus. Wir ziehen uns an und setzen uns wieder vors Internet. „Du bekommst jetzt richtig Lust auf Sex. Baby. Das spüre ich." Ja, ich habe immer Lust darauf seit ich dich kenne.

Wir haben uns entschieden. Wir wollen zusammen bleiben. Ich will nicht alleine abreisen. Cliff will nicht alleine zurückbleiben. Wir fliegen nach South Carolina und besuchen dort Freunde von Cliff, reisen dann weiter nach North Carolina zu seiner Familie und dann wollen wir zusammen nach Europa fliegen. In Europa ist es jetzt Winter. Es hat geschneit und es ist minus zehn Grad in Deutschland. Wo bringst du mich hin. Ich liebe es wenn es draußen heiß, und drinnen kalt ist. Jetzt bringst du mich in ein Land wo es drinnen heiß und draußen kalt ist. Ich lache: „Du kannst es dir noch überlegen." Nein, Sweety, ich komme mit dir.

Wie verrückt sind wir. Ich fliege nach Amerika, lerne Cliffs Familie kennen. Er fliegt mit mir nach Europa um dort Zeit mit mir zu verbringen. Wir kennen uns seit einigen Wochen und lernen uns gerade immer besser kennen. Cliffs Familie hat Angst, dass ich eine Verrückte bin. Dass ich ihn, wenn er in Europa in meinem Haus ist, beim kleinsten Streit raus schmeiße und ihr erwachsener Sohn dann Mutterseelenallein, ohne die Sprache zu kennen, in einem fremden Europa hilflos auf der Straße steht. Oh Gott. Was denken die von mir. Offensichtlich hat Cliff viele verrückte Frauen in seinem Leben gehabt. Mit meiner Familie habe ich noch gar nicht gesprochen. Außer mit meinem Sohn und dem gefällt es nicht, dass ich Cliff mitbringe. Du hast doch zu mir gesagt du brauchst keinen Mann im Haus, schreibt er mir per Mail. Ja, ich brauche ihn nicht aber ich will ihn, das ist ein Unterschied, schreibe ich zurück.

Cancun

Wir machen einen Ausflug nach Cancun, in die Mall of America. Cliff und ich sehen uns die Läden an, aber fast nichts gefällt mir. Die Kleidung ist ziemlich altmodisch. Wir essen in einem typisch amerikanischen Hamburgerrestaurant Johnny Rockets. Wir lassen die Jukebox laufen für einen Pesos pro Lied und die ganze Mannschaft macht für uns ein Tänzchen. Wir essen Hamburger und trinken Shakes. Wie in Amerika. Cliff fühlt sich Zuhause und macht Witze mit dem Kellner. Ich sitze in Mexiko mit einem Amerikaner in einer Mall und esse Hamburger in einem Restaurant einer US Kette. Draußen ist es dreißig, hier drinnen 19 Grad. Wir sind papp satt und schlendern weiter durch die Mall und entdecken ein Geschäft mit wunderschönen Kleidern. Das da im Fenster sieht supersexy aus, sagt Cliff. Nein, da sind mir zu viele Rüschen dran. Wir gehen rein und ich entdecke ein schwarzes Spitzenkleid. Wenn ein Kleid Spitze hat und dann auch noch Schwarz ist, dann bin ich hin und weg. Ich probiere es an, und es sitzt perfekt. Wow. Superkleid, findet auch Cliff und er entdeckt passende Schuhe und einen Fake Fur Umhang in Schwarz. Diese Kombi ist Klasse. Cliff kommt mit einem weiteren

Kleid in Creme. Ich probiere und es sieht toll aus, dann das Rüschenkleid und sogar das ist wunderschön. Welches soll ich nehmen. Nimm doch alle, die sind wunderschön. Die Preise sind gigantisch niedrig und ich sage ok, dann nehme ich drei Kleider, Schuhe und den Umhang. Als wir rausgehen sehen wir im Fenster ein rotes Kleid. Das gefällt mir auch, sagt Cliff. Ich antworte: Nein, Rot steht mir gar nicht. Das sieht billig aus bei einer Blondine. Wer sagt das. Ich. Hat dir das schon mal jemand anderes gesagt. Nein, nie, aber ich finde Rot bei einer Blondine billig. OK, dann ziehe es doch Mal an. Mal sehen wie es aussieht. Ich lache und gehe wieder in den Laden rein, probiere das rote Kleid mit Pailletten an. „wow" sagt Cliff Als ich aus der Umkleide rauskomme. Ich schaue in den Spiegel, bin mir nicht sicher. Rot bei Blondinen. Das sieht doch billig aus. Nein im Gegenteil. Das Kleid steht dir wunderbar, du siehst klasse aus. Und ich muss zugeben. Ich gefalle mir in diesem roten Paillettenkleid. Zwar weiß ich nicht wann ich das anziehen soll, aber ich möchte es haben. Es ist das perfekte Kleid für den Valentinstag, sagt Cliff und den werden wir in diesem Jahr zum ersten Mal gemeinsam feiern. In den USA ist das ein richtig großes Fest und wir werden was Tolles machen. Glücklich gehe ich mit meinen vier neuen Kleidern aus dem Laden raus. Und ich bin auch glücklich über den Preis. In Deutschland hätte ich dafür höchstens ein Kleid bekommen. Wir nehmen ein Taxi zur Bushaltestelle und fahren zurück. Im Bus streichelt Cliff meine Beine. Er fährt mit seinen Händen unter mein Kleid und streichelt meine Vagina. Zieh doch dein Höschen aus, flüstert er mir ins Ohr. Hier im Bus ? Ja, warum nicht, dann kann ich dich besser streicheln. Ich bücke mich, tue so als ob ich etwas in meiner Tasche suche und ziehe mein schwarzes Spitzenhöschen aus. Cliff hat seine Hand auf meinen Schoß, das kurze Kleid hochgeschoben und streichelt mich. Seine Finger sind in meiner Vagina, er lässt sie kreisen, kneift vorsichtig in das zarte Fleisch. Zwei Finger bewegt er heftig hin und zurück, genau über meinen G Punkt. Ich lehne mich ganz nah an ihn, oh welch wundervolles Gefühl ist in meinem Körper. Ein Gefühl von Glück und Harmonie, von körperlicher Lust und Zufriedenheit. Ich komme und komme nochmal. Meine Körpersäfte fließen über seine Hände. Oh Baby. Ich spüre dass du kommst, es so schön. Ich genieße es darüber zu reden und bin unheimlich glücklich. Ohne Höschen laufe ich durch Playa, über die Straße. Mit einem Mann wie Cliff ist Unterwäsche nur lästig. Vielleicht sollte ich mich daran gewöhnen keine Unterwäsche zu tragen. Hast du schon Frauen gehabt die ohne Unterwäsche in die Stadt gingen. Ja, natürlich, ich hatte sogar eine Freundin die hat grundsätzlich nie Unterwäsche getragen. Ich bin überrascht. Das hätte ich von Amerikanerinnen nicht erwartet.

Abreise

Unsere letzten Tage in Playa müssen wir viel organisieren aber ich möchte unbedingt mit Cliff nach Tulum zu den Maya Ruinen. Im Jahr in dem der Maya Kalender endet möchte ich mit dir gemeinsam die Ruinen besuchen. Ich war schon vier Mal da und ich finde diesen Ort unglaublich meditativ. Cliff geht mir zuliebe mit. Bei den Ruinen spüre ich die Ruhe der Maya und die Ruhe die von diesem Ort ausgeht. Ich spüre die Kraft in den Steinen sage ich. Ich spüre gar nichts, für mich ist das hier schöne Natur und alte Steine, sonst nichts, Baby. Wir wollen zum Strand gehen und nehmen ein Taxi. Unterwegs überlegen wir es uns anders und fahren nach Tulum in die Stadt wollen etwas trinken. Wir landen in einer kleinen Taverne, wo ein Kurt Cobain Verschnitt auf der Gitarre rumklimpert. Zwei Cocktails für einen Preis, begrüßt uns der

Kellner. Wir bestellen Pina Colada und Caipirinha, einen nach dem anderen. Beim vierten ist Schluss. Ich bin betrunken. Wir essen Guacamole und Ceviche. Wir reden und reden. Es macht Spaß mit dir zu reden, sagt Cliff. Uns wird nicht langweilig. Wir blödeln herum und spät abends wollen wir nach Hause fahren. Inzwischen regnet es in Strömen. Wir laufen durch den Regen, werden klitschnass, wie unter der Dusche. Wenn es in der Karibik regnet dann richtig. Durchnässt steigen wir in eines der Sammeltaxis ein, setzen uns auf die Rückbank, ganz hinten. Cliff hat seine Hände wieder unter meinem Rock. Ich genieße es und in null komma niks habe ich meinen Slip ausgezogen. Er streichelt zuerst ganz zart, dann immer schneller und im Taxi komme ich. Ich bücke mich runter zu seinem Schoß, tue so als würde ich etwas in meiner runter und Tasche suchen. Ich öffne seine Shorts, ziehe sie ein wenig runter und küsse seinen Penis.

Der ist so hart. Cliff stöhnt und genießt. Oh Baby, du bist so verrückt, wir sind verrückt. Wir sind erwachsene Menschen und benehmen uns wie Kinder aber genau das ist so schön. Ich genieße das Leben mit Cliff in vollen Zügen. Ich habe keine Angst vor irgendwas. Alles ist pure Lust und Lebensfreude. Zuhause, meine Arbeit, das ist alles so weit weg. Mit Cliff macht das Leben wieder Spaß.

Meine Freunde halten mich für verrückt. Ich bin jetzt mehr als einen Monat unterwegs bei Cliff und wir fliegen übermorgen nach Alabama. Ist das vernünftig. Ich weiß es nicht.

Cliff steht auf und geht ins Bad. Damn, meine Haare werden grau. Ich muss was tun. Wir gehen in den Supermarkt und kaufen eine mexikanische Haarfarbe für Männer in helle Kastanie. Zuhause verschwindet er sofort ins Bad. Nach einer Viertelstunde kommt er raus. Damn, das Zeug hält nicht, es wäscht sich wieder raus. Ich versuche es nochmal. Wieder geht er ins Bad. Als er rauskommt sieht die Haarfarbe besser aus. Kein Grau ist mehr zu sehen. Am nächsten Morgen muss ich lachen. Cliff, Schau dir dein Kopfkissen an. Es ist braun. Die ganze Haarfarbe ist jetzt im Kopfkissen. Verdammt nochmal, das mexikanische Zeug ist einfach nur schlecht. Hier gibt es nichts was hält. Eine nagelneue Pfanne, bei der schon bei ersten kochen der Stiel abgeht, Shorts die sofort ein Loch haben, Laken die nach dem ersten waschen Löcher haben und eine neue Reisetasche, die schon beim Zwischenstopp gerissen ist. Cliff ist froh das er Mexiko verlassen kann.

Der Morgen vor der Abreise ist hektisch. Wir verschlafen fast und müssen dann alles sehr schnell packen. Ich fahre zwei Mal mit dem Taxi zurück, zu unserem alten Appartement, während Cliff in seinem Appartement seine Sachen packt. Zuerst glaube ich meine Schuhe vergessen zu haben, und dann vermisst Cliff seine Medizin. Ja, er ist ein Mann im mittleren Alter und trotz dem wundervollen Super Sex hat er gesundheitliche Schwächen wie wohl jeder in unserem Alter.

Back in the States

Am Flughafen Zwischenstopp in Charlotte bestellt er einen Riesenhamburger und French Fries. Countrymusik und eine sehr freundliche Bedienung. Cliff begrüßt sie sehr freundlich. Ich merke, dass er froh ist, wieder in Amerika zu sein. Wir fliegen weiter nach Alabama und sein Freund Tucker holt uns ab. Tucker hat eine Autowerkstatt. Er ist wie Cliff über 50, und hat eine 28jährige Freundin, Jonie. Am ersten Abend essen wir in einer Sportsbar Shrimps und trinken dazu Long Island Tea, darin sind fünf Sorten Alkohol, aber kein Ice Tea. Cliff muss diese Woche viel erledigen. Er muss seinen gesamten Hausstand auflösen. Einen Teil verschiffen wir nach Europa. Wir organisieren einen Container und ein Miniwarehouse um die Sachen vorläufig einzulagern. Außerdem haben wir beschlossen einen neuen Fernseher zu kaufen und eine gemütliche amerikanische Sofaecke. Wir sind den ganzen Tag unterwegs. Sams Club und Costco sind riesige Läden in denen man alles kaufen kann und zwar in gigantischen Mengen. Wir kaufen ein und organisieren einen Barbequeabend für Tucker und Jonie. Megasteaks mit großen Kartoffeln, saure Sahne und Käse und dazu wie immer viel Alkohol. In den Südstaaten ist das Leben gemütlich. Die Vorgärten sind groß, die Häuser ebenfalls, die Menschen auch. Cliff freut sich auf Europa und meine Freunde freuen sich auf Cliff. Wir sind jetzt seit sechs Wochen ununterbrochen zusammen und alles normalisiert sich. Außer dass wir nach wie vor dreimal Sex am Tag haben. Wir kuscheln, wir reden viel und nach wie vor verstehen wir uns gut. Hier in Alabama brauche ich neue Kleidung. Die mexikanischen Sachen sind viel zu dünn, ich brauche wärmere Kleidung. Deshalb shoppen wir bei Donna Karan, Wintermantel, Stiefel, Leggings und Pullis, alles in meiner Lieblingsfarbe schwarz und alles im Sale zu Wahnsinnspreisen. Cliff meint ich würde zu viel Schwarz tragen, aber ich liebe diese Farbe. Es sieht einfach immer elegant aus. Cliff ist mein Einkaufsberater und er ist kritisch. Ich glaube, dass ich in Deutschland zwei Drittel meiner Garderobe wegräumen kann.

Cliffs Freund Scooter vertreibt einen Energydrink mit dem Namen Sum Poosie. Er ist begeistert über Cliffs Europa Pläne denn er möchte Sum Poosie groß rausbringen in Europa. Sum Poosie ist Pink, verpackt in einer pinkfarbenen Dose und zeigt bildhübsche Pornostars als Aufdruck. In den USA ist der Drink der Renner. Hier reden alle gerne und viel über Sex aber keiner läuft nur in einem T

Shirt im Haus rum, jeder Körperteil wird versteckt. Es ist eigenartig wie gespalten die Menschen sind.

The Oscars

Oscarparty. Ende Februar bei Jonie und Tucker. Wir hängen den ganzen Sonntag rum in Jogginghosen und essen Fastfood von Mc Donalds. Cliff und Tucker sehen sich das NASCARrennen von Dakota an. Jonie und ich lesen. Am Nachmittag entscheiden wir uns in ihre Lieblingsmexikanische bar zu gehen und Margaritas zu trinken. Ich trinke einen Pina Colada und Jonie eine Lime Margarita. Wir unterhalten uns über die Boys. Jonie liebt Tucker über alles aber es gibt ein großes Problem. Jonie ist 28 und möchte eigentlich gerne Kinder haben. Tucker hat zwei erwachsene Kinder und hat sich operieren lassen. Er will keine Kinder mehr haben. Jonie liebt ihn, aber ich spüre, dass sie eigentlich gerne Kinder hätte und, dass sie unentschieden ist. „Jonie, denke nach, dein Leben gehört dir, überlege genau was du willst, und mache das was für dich wichtig ist. Ja, ich weiß, aber ich liebe ihn, und ich bleibe bei ihm, aber ich weiß nicht so genau ob ich so leben kann. Wir reden und reden und trinken Margaritas. Später gehen wir in einen Drogeriemarkt weil Cliff 7 Up haben möchte, sein Lieblingsgetränk. Wir durchstöbern den ganzen Markt und kaufen Nagellack und Creme und eine Echthaarschleife in Blond für mich. Danach fahren wir mit ihrem nagelneuen schwarzen Sport BMW zu Jonies Lieblingsjapaner und bestellen japanisches Habachi Hühnchen mit Steak. Cliff liebt die süße Cocktailsoße und deshalb füllt Jonie dreißig kleine Behälter mit der Soße auf. Auch sie kümmert sich um Cliff. Er ist unser großer Teddybär, manchmal launisch aber irgendwie lieben die Frauen diesen Mann mit der tiefen Stimme und der erotischen selbstbewussten Ausstrahlung. Wir essen Habachi, trinken Wein und dann kommen Jonie und ich auf die Idee die Oscarparty im Stil zu feiern. Lass uns Updressen. Wir gehen in ihr Schlafzimmer und durchstöbern den Kleiderschrank mit Abendkleidern. Wow, Rot steht Dir, ja ich habe es noch nie getragen, aber Cliff mag es auch. Ich ziehe Jonies rotes Abendkleid an mit schwarzen High Heels und ohne BH. Jonie trägt Lachsfarben mit Reifen um den Hals und Tigerhighheels. Mit einem Glass Champagner in der Hand gehen wir in den Living Room, wo Tucker und Cliff mit vollem Magen auf der Couch abhängen. Wow, Baby your looking so hot. Wow…this is an Oscarparty. Ja, nur für euch, private Party. Jonie und ich setzen uns auf die Couch, formvollendet mit unseren tollen Beinen und mit dem Glas in der Hand. Auf dem Riesenbildschirm schauen wir uns die Oscars an. Meryl Streep bekommt einen und die Franzosen auch. Wir kritisieren die Kleider und den Hintern von Jennifer Lopez. Damn er ist noch grösser als vorher. I cant fucking stand it, ich muss mich an diese Sprache gewöhnen. Cliff und Tucker lieben das F Wort. In jeden zweiten Satz kommt es vor. Ich dachte es gehört zu den Rappern in Miami aber es ist einfach überall. Am nächsten Morgen fliegen wir gemeinsam nach Europa. Tucker bringt uns zum Flughafen in Alabama. Wir wollten eigentlich ab Atlanta mit Air Berlin nach Düsseldorf fliegen, haben dann aber rausgefunden, das der Flug von Atlante über Miami geht und entscheiden uns deshalb direkt nach Miami zu fliegen. Eigentlich sollte Sofia in Miami sein, aber sie ist in Canada. Sophia in Kanada fliegt am Dienstag zurück nach Europa. Cliff und ich in Miami fliegen zurück nach Europa.

Herstellung und Verlag:
BoD – Books on Demand, Norderstedt
ISBN 978-3-7322-4302-0